〖中华诗词存稿·名家专辑〗
中华诗词学会 编

说剑楼诗词

王亚平 著

中国书籍出版社

图书在版编目（CIP）数据

说剑楼诗词 / 王亚平著 . -- 北京 : 中国书籍出版社，2019.11
（中华诗词存稿）
ISBN 978-7-5068-7530-1

Ⅰ．①说… Ⅱ．①王… Ⅲ．①诗词—作品集—中国—当代 Ⅳ．① I227

中国版本图书馆 CIP 数据核字 (2019) 第 249989 号

说剑楼诗词

王亚平 著

责任编辑	李国永
责任印制	孙马飞　马　芝
封面设计	采薇阁
出版发行	中国书籍出版社
地　　址	北京市丰台区三路居路 97 号（邮编：100073）
电　　话	（010）52257143（总编室）（010）52257140（发行部）
电子邮箱	eo@chinabp.com.cn
经　　销	全国新华书店
印　　刷	北京虎彩文化传播有限公司
开　　本	710 毫米 ×1000 毫米 1/16
字　　数	200 千字
印　　张	17.5
版　　次	2019 年 11 月第 1 版　2019 年 11 月第 1 次印刷
书　　号	ISBN 978-7-5068-7530-1
定　　价	268.00 元

版权所有　翻印必究

《中华诗词存稿》编委会名单

顾　　问：郑欣淼　郑伯农　刘　征　沈　鹏
　　　　　　葉嘉莹

编　　委：（按姓氏笔画排序）
　　　　　　丁国成　王　强　王改正　王德虎
　　　　　　刘庆霖　吕梁松　李一信　李文朝
　　　　　　李树喜　陈文玲　张桂兴　范诗银
　　　　　　欧阳鹤　杨金亭　林　峰　罗　辉
　　　　　　周兴俊　周笃文　宣奉华　赵永生
　　　　　　赵京战　钱志熙　晨　崧　梁　东
　　　　　　雍文华

主　　任：范诗银

副 主 任：林　峰　刘庆霖

执行主编：吕梁松　王　强　李伟成

秘　　书：李葆国

作者简介

王亚平，1949年生于川北，斋名说剑楼。曾在新疆生活三十余载，当过农民、大兵、伙夫、戏子、报人、泥瓦匠、帐房先生。好吟哦，新旧兼攻，理论与实践并重，各有所获。作品曾获"老龙口杯"（沈阳）、"回归颂"（昆明）、"纪念抗战胜利六十周年"（北京）、"华夏杯"（北京）全国诗词大赛一等奖。著有《说剑楼诗词》、《逝川》（新诗集）与《当代诗词研究》等。现为中华诗词学会会员，《中华诗词》副主编，中华诗词学会副会长。

总　序

　　我们这个诗歌大国有一个很好的传统，历来注重"采诗"、搜集整理诗歌材料。作为唯一的全国性诗词组织的中华诗词学会，自1987年5月成立以来，就十分重视这项工作。学会每年的学术研讨会和历届"华夏诗词奖"，都出版论文集和获奖作品集。纪念学会成立二十年、三十年时，还专门编辑出版了《大事记》《论文选集》《诗词选集》。《中华诗词》创刊以来，每年都制作年度合订本。2007年5月，在北京天识东方文化艺术传播有限公司的资助下，以近代以来诗词创作、诗词理论、诗词运动重要文献汇编，当代名家个人作品专集等为主要内容，出版了《中华诗词文库》。经过十来年的编辑整理，已经出了近百卷。这些诗集、文集的出版，记录了近百年来尤其是改革开放四十多年来，中华诗词从起步、复苏走向复兴的砥砺前行的历程，为近、当代诗歌史的撰写准备了丰富的资料。

　　党的十八大以来，中华民族优秀传统文化重新受到应有的重视。习近平总书记《念奴娇·追思焦裕禄》词和《军民情》七律的相继发表，引领中华大地诗潮滚滚而来。《中共中央关于繁荣发展社会主义文艺的意见》和中办、国办《关于实施中华优秀传统文化传承发展工程的意见》，都明确提出"加强对中华诗词、音乐舞蹈、书法绘画、曲艺杂技和历史文化纪录片、动画片、出版物等的扶持。"国家教育部组织制定由中华诗词学会起草的新中国语言体系中的新韵书《中华通韵》已经通过国家语言文字工作委员会语言文字规范标准审定委员会审定,即将颁布全国试行。这些都使我们真切地感受到,中华诗词的春天真的到来了。诗人们乘着骀荡春风,正以高昂的激情,书写着中华民族伟大复兴的新时代、新史诗,国家富强、民族振兴、人民幸福的中国梦;正以与人民同呼吸、共命运的诗人之心,对人民的欢乐、人民的忧患、人民的情怀给以诗意的表达;正以"美"或"刺"的诗人之笔,对市场经济大潮中人民对幸福生活的期待,对美好未来的希望,对假丑恶的深恶痛绝,或给以方向,或给以赞美,或给以鞭挞。正如习近平总书记所指出的:"好的文艺作品就应该像蓝天上的阳光、春季里的清风一样,能够启迪思想、温润心灵、陶冶人生,能够扫除颓废萎靡之风。"

  当前,传统诗词创作者和诗词爱好者队伍发展迅速,已超过三百万。每天创作的诗词作品超过唐诗、宋词、元曲的总和。诗词评论研究队伍也成长很快,诗词评论、诗词学、诗词创作理论研究成果丰硕。如何从浩如烟海的诗词作品中"淘"出优秀作品,并使之存下来、传下去,如何使诗词研究理论成果"面世"并发挥应有的指导作用,确实是摆在我们面前的无可回避的一个重要课题。中华诗词学会是一个没有国家编制,没有国家拨款的社会团体,事业的运转主要靠社会赞助和会员费支撑。俊识(北京)文化传媒有限公司总经理吕梁松、北京采薇阁总经理王强,两位一直是对中华传统文化情有独钟的热心人,慷慨解囊,愿意同中华诗词学会一起,搜集整理编辑推出《中华诗词存稿》这套书,共同为中华诗词文化的继承和发展,做成这件十分有意义的事情。

《中华诗词存稿》主要搜集整理出版三部分内容的资料：一是当代诗词名家的个人作品集；二是当代诗词评论家、诗词学者的学术著作集；三是当代诗词作品、诗词理论学术成果阶段性、专题性、地域性的集成类作品集。诗词作品强调精品意识，沙里淘金，把"有筋骨、有道德、有温度"的优秀诗词作品搜集起来。诗词评论、研究类资料强调理论性和创新性，应具有鲜明的个性特点，具有创建性的见解。集成类的资料应有一定的史料保存价值。总之，做成一套具有当代价值和历史意义的好书。在此，我们编委会人员，向提供资料、筛选编辑、版面设计、校对勘误，包括所有为这套资料付出辛勤劳动的同志们，表示真诚的谢意！

郑欣淼

二〇一九年七月于北京

欲赋东风第一枝

——《说剑楼诗词》序

刘　征

《说剑楼诗词》即将问世,要我写个序。作者亚平王君与我是忘年交,彼此相知,文风相契,为他写序,是一件乐事。

十五年前,远在新疆的亚平还是青年。我读到他的边塞屯垦词,一股清新之气沁人心脾。惊喜之余写过一篇评价文字——《词苑的一朵新花》[①]。从那时起,我们屡有文字往来。后来,他到云南红河学院中文系任教,有了更好的条件研修和深造,治学和创作都有长足的进步。

收入《说剑楼诗词》中的二百五十首诗词足以反映作者的创作特色。先说诗。如"围炉煎韵霜凝竹,沽酒浇愁月染诗"(《狂来》),"硕鼠拉帮成特色,公堂打假少真猫"(《綦江》),意新语工,都是醒目的佳句。最见精彩的是他的七言歌行。如《横越天山行》《西部屯垦歌》《龟兹梨花歌》《听风楼放歌》《至公堂浩歌》等篇,鸿章巨制,汪洋恣肆,波澜迭起,妙趣横生。《横越天山行》显示作者的大手笔,峰峦起伏,花光雪影,整个天山的万千气象运于掌上。而《龟兹梨花歌》则是一幅精美的油画,写花形兼写花神,冰肌雪肤,轻嗔浅笑,呼之欲出。作者笔下的七言歌行又多又好,总当归于豪放一派。

然而，与诗相比，他的词更令人倾倒。我常以"刚健含婀娜"为诗歌艺术的理想境界②。只有刚健而不济以婀娜，会偏于粗放，此刘过之所以不能比肩稼轩；只有婀娜而不济以刚健，则柔若无骨，不免"女儿诗"之讥。亚平词有刚柔相济之妙。但因表达感情之异，往往有所侧重。偏于刚健的，如《水调歌头·过洞庭湖登岳阳楼》《金缕曲·登黄鹤楼》等，壮气吐虹，高唱入云。偏于婀娜的，如《虞美人》二首、《浣溪沙》三首，写作者感情生活的悲苦，缠绵悱恻，柔肠百转。"精卫焉能填恨海，女娲无力补情天。潇湘月冷竹娟娟。"（《浣溪沙》）椎心刻骨，催人泪下。不知为什么，我总觉得亚平词有纳兰的影子。十五年前读纳兰词，我题过一首小诗："新词漫道出花间，半是龙沙铸纳兰。近读西陲说剑稿，欣看风雪养青莲（指雪莲花）。"诗中风雪青莲之喻，就表达了我对亚平词风的认识③。

　　亚平的诗词成就，使他跻身于极少数卓有成就的新生一代诗人之列。他的诗艺还在成长，才华还未大放光彩，更进一步，登上诗的顶巅，并非不可企及。"狂来更上层楼去，欲赋东风第一枝"（《狂来》），但愿亚平发扬这种诗人的狂气。

　　《说剑楼诗词》的出版，不但可以使广大读者更好地领略亚平的诗词艺术，还有进一层的意义。

　　当前诗词创作欣欣向荣，诗词的复兴如早晨的太阳已经露出地平线。却有人为诗词算命，说这不过是"夕阳文学""白发文学"，不过是"回光返照"，寿命是不会长久的。新生一代的崛起，证明上述看法是全然没有根据的。从南到北，一批又一批中青年诗词家如新荷出水，崭露头角。建造二十一世纪诗词的辉煌大厦,希望在你们身上。努力啊!

二〇〇五年十一月,居京郊之万晴园。蓝天白云,西风飒然,笔蘸着浓浓的秋色写此。

【注】

① 此文初发于《绿风》诗刊一九九〇年第二期,后收入《刘征文集》第一卷(人民教育出版社二〇〇〇年六月)。

② 苏轼《和子由论书》诗:"吾虽不善书,晓书莫如我。苟能通其意,常谓不学可。貌妍容有矉,璧美何妨椭。端庄杂流丽,刚健含婀娜。好之每自讥,不谓子亦颇。书成辄弃去,缪被旁人裹。体势本阔略,结束入细么。子诗亦见推,语重未敢荷。迩来又学射,力薄愁官笴。多好竟无成,不精安用夥?何当尽屏去,万事付懒惰。吾闻古书法,守骏莫如跛。世俗笔苦骄,众中强嵬騀。钟张忽已远,此语与时左。"(《苏东坡集》前集卷一)

③ 此诗作于一九九〇年六月,原题为《读纳兰词赠王亚平同志》,且自注:"青莲,佛家语,非指李白。王亚平,新疆石河子师专教师,有《说剑楼吟稿》。他的词婉约而刚健,余谓有纳兰风。"诗已收入刘征诗词选《古韵新声》(人民教育出版社一九九二年十二月)。

刘征,当代著名诗人、诗词评论家、教育家。曾任人民教育出版社编审,中华诗词学会副会长,《中华诗词》首任主编。

人如其诗，诗见其人

——序《说剑楼诗词》

王瀚林

亚平兄的《说剑楼诗词》得蒙见赠，拜读后受益匪浅，觉得应当谈一谈自己对亚平兄其人其诗的感想。亚平兄曾经同我一起在新疆生产建设兵团的一所高校执教，一起讨论诗歌、评论时事，可谓相知甚深。就我对亚平兄的了解，可以用"人如其诗，诗见其人"来概括亚平兄的诗词文章。

亚平兄对于诗歌，可以用"执着"和"真情"来概括。有一些事使我对亚平兄的执着真情有深刻印象。记得有一次，我正在宿舍烧水，忽然接到他的电话，说他作了一首诗，想交流一下。原想只是不多一会儿，但一交流起诗歌体会来不由谈兴大发，一直聊了个通宵还意犹未尽，直到第二天早晨，我忽然想起宿舍里还烧着开水，才赶紧回去，结果铝锅底已经完全烧化。从这件小事，可以看出他对诗歌的执着和热爱。当时，亚平兄和我一起成立了一个边风词社。其实，我只是忝列其中，真正的主事者是亚平兄。每次我们词社成员一起出外采风，亚平兄都要求我们每个人作词一首，回到他的宿舍后，大家将各自的词抄好张贴于墙面上，一边吃饭喝酒，一边品评，大家从亚平兄的大作中受益匪浅。亚平兄多才多艺，时常亲自把他的大作谱曲吟唱。除吟诗填词作曲外，他还写得一手好字。我们经常在一起交流，他的精辟见解对我启迪甚深。当然，亚平兄最擅长的还是诗词。从我认识亚平兄起，他就经常吟诗填词并不断钻研，这种爱好一直延续到今天。他的诗词日见精湛，大作不断见诸报端和在各个诗歌大奖赛上拔得头筹，终于使他成为我国诗坛屈指可数的大家。其实，亚平兄的经历非常丰富，用他的话说，当过农民、大兵、伙夫、戏子、报人、泥瓦匠、账房先生、教师等，但这些经历并没有让他消磨一个诗人所具有的率真质朴的情感，而是更加丰富了他的诗歌的表现内容。无真情者不可言诗，亚平兄是个有真性情的人，他对诗歌的执着和全身心投入，使我深深地感到，他的人和他的诗已经成为一个不可分割的整体。读亚平兄的诗，就好像看见了他的人；见了他的人，也会不由自主地想起他那一句句妙笔生花的诗句来。

诗品见人品。亚平兄的人品和情感，在他的诗作中可以说是处处可证。从他的诗作中，我们可以深切地感受到他对人民的深情和对忽视民生的贪官污吏的痛恨。正如他在《迷离》一诗中所陈述的"但将热泪与红巾""笔底深忧亿万民。"他的《金缕曲·过焦裕禄墓哭焦公》写道："高风亮节谁能及。叹垂危、犹思兰考，碱滩民宅。"表达了他对焦裕禄甘为人民公仆、一心为兰考百姓着想、在病危时仍然想着如何改变兰考的落后面貌、改良兰考的碱滩的深深感佩。写到这里，亚平兄笔锋一转，通过将焦裕禄与贪官对比，更显出焦公人格的伟大："堪恨补天人去后，公仆精神顿失。官道上、狐鸣蝇集。群蚁正谋摧砥柱。"对此，作者疾呼："愿公魂再显回天力。"诗人为此泪洒墓碑，进一步表达了作者爱憎分明的性格。诗人对焦裕禄情有独钟，多次赋诗以记之。如在

《哭焦裕禄》的诗中写道："书记而今谁姓焦，争权夺利听喧嚣。泡桐泣露怀公仆，夕照多情漫野蒿。墓侧无人除蔓草，山阿有鬼唱离骚。挑灯草罢相思字，冷月如霜染鬓毛。"在《哭焦裕禄》长歌中，他写道："君不见二十年前同学少年为君悲，断肠烟柳对斜晖。君不见二十年后白发苍苍为君哭，山川满目泪沾衣。"焦裕禄正是作者心目中清廉正直、一心为民的具体象征。试看："君至兰考出无车，玉米窝头就园蔬。"这不是对时下官僚出门必以车代步、饮食必山珍海味的批判么？再看："每餐不忘百姓苦，头顶乌纱食无鱼。""不起犹自念救灾，救灾方略记满纸。病榻无暇为病愁，逢人每问赵垛楼。张庄沙害秦寨碱，日日夜夜挂心头。"这不是对时下官僚们不顾百姓疾苦、甚至坑民害民的批判么？作者发自内心为焦裕禄而哭而痛："吾今万里招魂至君侧，欲吊遗踪一泫然。公仆英名垂青史，人民公仆永不死。四海翘首望君归，万古荣光无过此！天上人间此情浓，内含至理意无穷：君不见载舟水即覆舟水，中外古今处处同！"作者不是为个人而悲吊，而是为民而唱，为时下贪官而斥，体现了作者的高贵情操。"书记而今谁姓焦"、"墓侧无人除蔓草"表明作者对焦裕禄精神不再的无奈与不满。"争权夺利听喧嚣"表明了作者对贪污腐败是多么痛恨，从中体现了亚平兄爱憎分明、疾恶如仇的性格。作者的这种情感，还见诸《公仆》《哭雷锋》等诗作中。在《公仆》中，作者写道："孔繁森殉职，遗产仅人民币八元六角"，为此，作者赋诗一首："公仆身亡魂不安，八元六角惹心酸。官仓鼠硕皆肥死，君子气粗因素餐。雪掩泉台万朵白，花开墓侧一枝丹。挽歌草罢吞声哭，冈底斯山生暮寒。"在这里，作者在表达对孔繁森的深切敬意的同时，也同样表明了对贪污腐败现象的憎恶。在《哭雷锋》中，作者将这种情感推向了一个新的高度："日记曾经万口传，如今更值几文钱。生财全靠鬼推磨，枉法能将手捂天。得势阿谁甘乐后，为官哪个肯忧先。君之逝矣君之幸，君若归来定怆然。"

诗情见性情。亚平兄的诗中充满了一位诗人重情重义的品性，他的率真性格非常自然地弥漫在他的诗作中。从他的诗作中，我们可以深切地感受到他对诗歌的执着热爱。有两句诗，可以鲜明地感受到他的诗情和性情的完美结合："痴心每得痴心句，愤世时吟愤世情"（《涂鸦》）。"诗言志"，诗歌是诗人性情的表述、心灵的流淌，韩愈说"不平则鸣"，有真情才有激情，有激情才会为世间不平而忿然，有忿然才会发而为诗、鸣而为文。他在《八声甘州·白杨》词中写道："生性刚强倔强，昂首笑风沙。叶叶枝枝挺，不著虚花。谁道边关寒苦，看翩翩我舞，绿叶清嘉。更甜甜欢唱，流韵满天涯。"在《八声甘州·沙枣花》中写道："看边关大漠，万丛沙枣，骨傲枝豪。冷对风刀霜剑，叶碎志不凋。"作者以白杨树、沙枣花自喻，表明了刚强不折、绝不趋炎附势的品格。他为诗而乐，为诗而痴，为诗而狂，虽然边疆生活条件艰苦，但在他的眼里，都化成了诗意诗情，使得他以苦为乐，悠然于诗的世界之中。但这种悠然，绝不是逃避，而是一种真情，为情而动、为不平而愤起；两者的结合，共同将亚平兄推向了诗歌的巅峰。《题画竹》这首诗，充分展示了他甘于淡泊、执着于诗词书画、自得其乐的人品性情："懒与群芳争俏妍，悠然摇曳曲溪边。丹青妙笔传生气，一纸春梢绿满天。"从这首诗中，我们可以感受到他孤高清雅的性格追求，还可以感受到他对自己诗词书画的自信。在《夏夜苦读闻风雨大作》中，写出了他通宵达旦勤奋钻研的情景，也写出了他触景生情、以苦为乐、闻风雨而发诗情的豪气。据我的了解，这种情景对于亚平兄是很平常的。在这首诗中他写道："夜深苦读一灯明，帘外忽传风雨声。顿觉诗情似潮涌，精神抖擞过三更。"本来苦读一晚昏倦欲睡，但忽然间风雨大作，不由得诗情顿发，重新精神振奋，沉浸在诗情中不知不觉一夜未眠；这首诗生动地写出了亚平兄作为一位诗人的诗情诗意诗品。像这种以诗明志、好诗成癖的诗句，可以说在他的诗作中俯拾皆是。他在《五十初度》《狂来》《涂鸦》《不惑》等诗中自谓"时将健笔扫千军""清寒未悔作书痴""门无车马袖风清，偏嗜逢人说笔耕。流韵抑扬萦塞草，涂鸦浓淡写江声。""断句吟成形影瘦，残编读罢壁灯寒"，以诗明志，表明了甘于淡泊、与诗为伍的诗情画意。他"荒江高卧钓流云"（《五十初度》）、"踏冰呼酒赋豪情"（《天山吟草》）、"长对俗流以白眼"、"斗室清狂尘浊绝，挑灯说剑养风神"（《迷离》），躲进小楼成一统，冷对他人讥讽，从不随波逐流，始终保持着一颗诗人率真的心，始终坚守诗歌的神圣殿堂，这在时下商潮泛滥、流俗横行的环境中愈发显得难能可贵。说他躲进小楼成一统，是不完全恰当的。其实亚平兄是很热心社会活动的，他曾组织过边风词社，指导了石河子、阿克苏诗词学会的发展，对兵团诗词的发展繁荣功不可没。他为奎屯诗词学会成立而歌唱："久慕垂天诗意浓，吟旌又见出云中。何当走马西游去，听取群英唱大风。"（《奎屯诗词学会成立喜赋》）；他为阿克苏诗词学会成立发展而祝愿："好雨催春绿染枝，兴来落笔即生辉。诗涛一夜卷龟兹。　塞北云飞争试马,南疆鼓震看扬旗。仰天长啸吐虹霓。"(《浣溪沙·阿克苏诗词学会成立喜赋》)"言志缘情两不疑,风骚齐放最高枝。龟兹故地春常绿,万里豪吟系我思。"(《阿克苏诗词学会五周年诞辰赋此以寄》);他鼓励石河子师范学校的弟子们:"采得清香香如蜜,盼文坛他日添新秀。"寄语他们:"千里之行凭足健,看龙驹驽马争驰骤。锲不舍,金石镂。"(《金缕曲·惜别石河子师范学校85级中师班诸弟子》),这是他将自己执着于诗歌探索的心得传授给他的学生们,充分体现了他自己对诗歌的态度和情感。

  亚平兄的诗词,我一直注意收集,这既因为我与亚平兄有同事之谊,更因为我们都是性情中人。每次读他的新作,他的豪气、他的激情、他的文采,跃然纸上,就像同亚平兄仍然在一起共事,就像我们仍然在面对面交谈,这种感觉越到后来越明显、越强烈。我想,这就是亚平兄作为一个成就卓然的诗词大家所独有的风采吧!

二〇〇九年三月于乌鲁木齐

  王瀚林,湖北人,教授,硕士研究生导师。现任新疆生产建设兵团党委宣传部副部长。

豪迈超逸、情真韵足的大气之作

——序《说剑楼诗词》

姜仁达

王君亚平,余平生所交往之爽快人也。初与遇于云南弥勒,同寓一室,共授电师假期课程,暇时即与余谈及诗词创作。余以仅有之一二旧作请教,王君静阅,沉吟有顷,乃为首肯并指赞其中佳句。因慨叹时下识格律音韵者少,故常见旧体诗词多有不合韵律而不伦不类者。交往既深,乃知王君倾心诗词,且专于此道久矣。于海内颇多同道,过往甚密,切磋诗艺,乐此不疲;君为全国诗词学会会员,成就不菲,名望已广。未几,君回赠余诗一首,题《携妻登滇池大观楼》。诗云:

尽浣征衫万里尘,登楼共与鸟相亲。
一帆残照拂渔唱,几杵疏钟浮海滨。
云外听涛堪洗耳,酒边得句每伤神。
少年狂想老来发,摘取南天烂漫春。

显然为其初至云南所作。题材虽与常人登临即景之作无异,然觉诗人之胸襟气度超然,非吾辈可比。顷又见其所作之《桃花山放歌》等篇,洋洋洒洒,诗兴淋漓,而自顾吾辈虽久居滇南数十年,而不能有如许之作。乃知君才情诗艺兼具,其名望之不虚也。

王君于教学，力主学生注重创作实践，学习掌握传统诗词写作之必要知识与技能；中文系学生，尤应以此为体会古典文学精奥之一途。于学校、于教育整体，此则有继承发扬中华优秀传统，提高学生文化素质，改善校园文化氛围之多样功效。王君曾于大会上慷慨陈词，阐发此观点，而在教学中亦身体力行，故学生颇多受益而久存感念者。

于诗道本身，君乃倡言"大气"。曾撰《唐音阁歌行"大气"探源》一文，借评论著名诗人、文艺理论家霍松林先生诗歌创作阐述己见。近获君所赠《说剑楼诗词选》，其中诸篇亦可见诗人襟怀之超逸，造境之阔大，语言之富赡挥洒，结构之宏阔变化，音韵之铿锵和谐，而此皆一一为大气之具体表现也。如此集压卷之作《五十初度》云：

荒江高卧钓流云，蜗战鸥惊了不闻。
偶发长鸣空万马，时将健笔扫千军。
庄生散木枝叶茂，老子双眸青白分。
天命玄冥缈难测，看花听鸟醉红曛。

可谓超逸与豪迈并见，蕴藉与痛快结合，尽显诗人精神世界之真面目。而于新疆、云南游历之长篇歌行，如《横越天山行》《惠远古城放歌》《西部屯垦歌》《南征歌留别塞上诸诗友》《听风楼放歌》等，因景物之奇丽纷繁，境界之开阔辽远，感情之欣悦怡宕，则更见其大气。至于《哭焦裕禄》《哭孔繁森长歌》《甲午百年长歌》《至公堂浩歌》等篇，则缅怀先贤，追溯古今，思考现实，镜鉴历史，深沉痛恨之中亦不乏豪壮之气。如：

心雄欲挡万重沙，多植泡桐多植柳……病躯挺立气冲霄，目光炯炯真如虎。《（哭焦裕禄）》

哭罢焦公哭孔公，铜琶铁板大江东……公仆精神永不灭，千秋万代气如虹。《（哭孔繁森长歌）》

一篇哭罢气如山，先生仿佛在眼前。携先生诗登山诵，满腔热血沸欲燃。《（至公堂浩歌）》

或写出人物本身豪气，或抒发诗人主体之豪情，两者交织，融汇于全篇而诗人精神风貌亦跃然纸上。

读《说剑楼诗词选》及《唐音阁歌行"大气"探源》等相关论述，思王君其人其作，可知其"大气"乃富于内涵之说也。现略撮其要如下：其一，大气最应弘扬时代精神。诗词"为时为事"之作能具史诗之庄重与恢宏。王君不乏此类佳作，如上举诸篇即是。其次，当有深厚之生活体验与阅历。如君自述在新疆三十馀载曾做农民、大兵、伙夫、戏子、报人、泥瓦匠，后多年从教至今；亦有游历南北、领略祖国名山大川壮丽风光，并得与同道诗友时贤聚会交往之盛事，古人所谓得山川自然之灵气，正此之谓也。再次，当有丰富之学识与文化修养，以学问涵养其心胸志气。观王君平时之为人处事，沉静安详，远离尘俗，孜孜于读书积学，貌平平而学识已深，故谈吐不凡也。几十年精研诗道与创作，能专且博也。曾语余曰：吾仅限于吾"圈子"内而已矣。余即感其志于诗词研究之坚定意志也。此专也，余自愧弗如也。精于诗道而后旁通，王君之智慧也。其四，亦诗人自身之胸襟气度，能登高望远，超然物外，融古今于一体，得百家之精华，不拘于陈见，而创为己之新说。此亦大气之最根本也。

评价学人作家，前人有"德、才、学、识"之说，而吾特服膺清代叶燮之"胸襟"说与"才、胆、识、力"说。叶之言《原诗·内篇》曰："我谓作诗者，亦必先有诗之基焉。诗之基，其人之胸襟是也。有胸襟，然后能载其性情、智慧、聪明、才辨以出，随遇发生，随生即盛。"又说："大凡人无才则心思不出；无胆则笔墨畏缩；无识则不能取舍；无力则不能自成一家。……才胆识力四者交相为济。苟一有所歉，则不可登作者之坛。"

读王君诗词，即可见其胸襟之高旷超逸，才胆识力之宏厚具备。君精于诗词，各体（亦能作当代新体）皆佳，而尤擅歌行体；盖因此体容量较丰，拘束较少，更适于情思之抒发，想象之发挥。故君运用之妙，得心应手，佳作连连，为海内所罕见。其歌行，无论纪行、绘景、咏物，抑或思友、酬酢、咏史、感怀，皆情辞洋溢，气概高昂，音韵和谐流转而意蕴足实。此王君能以其才力运贯学问、驱遣言辞，亦能以其胆识融古今百家，撷其精华，独创新篇之显见也。以余浅见，王作之体格、韵律、用典等，能遵前人之制；而其情事题材，全属当代；至于语言词汇，则古今交错，新旧不拘。故其作不论长制短篇，既得古诗词之韵味，亦发现代人之心声，极易与读者共鸣。余特悦赏其登临怀古之作，思越千载，又自然回返现实。如《水调歌头·过洞庭湖登岳阳楼》：

"日月出其里，万里气吞吴。长天秋水一色，托我片帆孤。直上层楼高处，觅取先贤遗梦，歌哭且唏嘘。浪打瘦蛟舞，云涌鸟相呼。　　少陵诗,范公记,尽愁予。对花溅泪,书生无用老江湖。黎庶城乡贫困,硕鼠官仓肥死,天网漏而疏。凭槛浑无语,泪眼渐模胡。"

纵有凌云志,却未忘怀现实人生;境界高远,却句句是实,不蹈空虚。妙用典故成语不落痕迹,诗意幽思并现。此王君之胸襟与才力也。至于其怀人评艺,如《欧阳先生说诗歌》《长乐山人作书歌》《万公硬笔书法歌》《踏歌行寄李振东先生》诸篇,咏赞褒扬,不惟得其人其艺之精神特征,亦表己之感受与心情,且时有"诗品本自人品出""入门须正防欹斜""书艺本自贵天真,天真笔墨始通神""根茂方能有高枝""心清字自有清辉"等句,则其对于诗艺诗道本身之自觉与灼见在焉。此又王君之识见也。

由上所叙,已略可窥王君之诗心。然若不及王君以"说剑楼"名其斋并自号"说剑楼诗侠"之寓意,则难以明其人格气概之整体与全貌。与大气相关,王君亦倡"侠气"。尝与余言及此,乃叹惜今人缺乏侠气,社会舆论亦不倡导侠气,然则诗作少一气矣,而此与国民气性之渐趋卑弱亦未尝不相关相联也。此国家民族之幸哉?不幸哉?余思王君之说固有深意在焉。维古之侠者,义也,直道也,豪爽也;义则主公正、重友情,直道则吐真言、重然诺、少权谋,豪爽则言行感情皆高概豪迈、雷厉风行。吾观王君诗词,则不惟具传统之古道热肠、忠信友情,亦不惟显常言之高慨豪迈、超尘脱俗,而于此之上更能增其时代精神与特征。故检阅其作,不惟常提及古代存忠贞之志之屈原,具豪侠气之李白、苏东坡,乃至显癫狂情性之张旭、怀素等等,亦多咏赞当代具豪侠气概之人，如"性豁达，日以书酒自娱"的"长乐山人"唐家濂先生、"硬笔书法雄奇飘逸"的"燕赵慷慨人"万拴成先生等，其人格书艺皆意气风生、有奇趣而不凡。尤应关注者，当为其对当代英杰李公朴、闻一多、焦裕禄、孔繁森诸公之歌赞，对甲午海战、八年抗日等民族壮举及其中豪杰风范与民族精魂之倾心咏叹。关涉此近现代历史事件人物之诸篇多集中于诗集尾部，特显其气概超迈、神思飞越、篇幅宏阔，抒发王君之个人心志与时代情怀，可谓全集之高潮；由此可见王君创作之侠气与大气乃相互交融、二而一者也。

　　清人薛雪曰：邕快人诗必潇洒，豪迈人诗必不羁。吾观王君，豪爽人也；其诗词，亦潇洒而豪放者也。上诸臆说，未识可否见其情怀与才力胆识之一斑，余但以此略表对王君之倾慕与友情云尔。

乙酉年春节　于蒙自

姜仁达，诗人、诗评家、红河学院教授。

目　录

总　　序 ·· 郑鑫淼 1
欲赋东风第一枝 ······································ 刘　征 5
人如其诗，诗见其人 ································ 王瀚林 9
豪迈超逸、情真韵足的大气之作 ············ 姜仁达 15

说剑楼律绝

题画竹 ··· 3
夏　夜 ··· 3
鸭子湖春游 ··· 3
别　绪 ··· 4
塞上送友人之嘉州 ····································· 4
夏夜苦读闻风雨大作 ································· 4
哭笔（三首） ··· 5
　　（一） ··· 5
　　（二） ··· 5
　　（三） ··· 5
游葡萄沟 ··· 5
不　惑 ··· 6
上山下乡二十周年祭 ································· 6
涂　鸦 ··· 6
哭焦裕禄 ··· 7
春　塞 ··· 7
骏马秋月图 ··· 7

灯下偶成	8
狂　来	8
癸酉端午作	9
友人题赠说剑楼大字横幅	9
寄红柳斋主李英俊先生	9
步孙钢先生赠别韵并呈欧阳克巍先生	10
【附】	
孙钢《亚平兄将赴滇南任教赋此赠别》	10
携妻登滇池大观楼	10
携妻游滇南桃花山	11
携妻游蒙自南湖湖心有闻一多纪念亭	11
公　仆	11
读黄镇林先生西行吟草（三首）	12
（一）	12
（二）	12
（三）	12
五十初度	12
五十初度寄内时爱子放歌不足六岁	13
寄紫云斋（三首）	13
（一）	13
（二）	14
（三）	14
迷　离	14
红豆词（三首）	15
（一）	15
（二）	15

（三） …………………………………………… 15
故园步射洪赵敬亭先生韵 …………………………… 15
踏　月 …………………………………………………… 16
五五自寿 ………………………………………………… 16
秋　感 …………………………………………………… 16
咏冻羊糕 ………………………………………………… 17
秋　荷 …………………………………………………… 17
步香江怡然兄摩放草庐吟原韵 ……………………… 17
　　附：怡然兄原玉 ……………………………… 18
论诗（四首） …………………………………………… 18
　　赏　鉴 ………………………………………… 18
　　读　破 ………………………………………… 18
　　说　工 ………………………………………… 18
　　说　骚 ………………………………………… 19
故园十八拍 ……………………………………………… 19
　　归　来 ………………………………………… 19
　　望　中 ………………………………………… 19
　　梦　回 ………………………………………… 19
　　彭家沟 ………………………………………… 20
　　旧　宅 ………………………………………… 20
　　记　得 ………………………………………… 20
　　寻　根 ………………………………………… 20
　　莎　草 ………………………………………… 20
　　秦　坑 ………………………………………… 21
　　荒　唐 ………………………………………… 21
　　还魂草 ………………………………………… 21

闲　话	21
梓　江	21
听　江	22
虞美人	22
品　茶	22
狂　歌	22
妙　悟	22

白云老弟卸任诗以贺之（四首） …………………………… 23
  （一） …………………………………………………… 23
  （二） …………………………………………………… 23
  （三） …………………………………………………… 23
  （四） …………………………………………………… 23

滇赣唱和小集（十首） ……………………………………… 24

聂耳故乡诗草 ………………………………………………… 25
  聂耳故居 ……………………………………………… 25
  通海秀山 ……………………………………………… 25
  抚仙湖畔听冯乔会女史抚筝力夫振荣同赏 ………… 25
  抚仙湖笔架山庄戏作 ………………………………… 26
  阳光海岸 ……………………………………………… 26
  帽天山古生物化石 …………………………………… 26
  李家山青铜器博物馆 ………………………………… 26
  仙湖孤岛 ……………………………………………… 26
  秀山洞经古乐十二韵 ………………………………… 27
  三和茶歌 ……………………………………………… 27
  听　筝 ………………………………………………… 28

登秀山试笔寄杨千成先生 …………………………………… 29

秋晚（三首）·· 30
 （一）·· 30
 （二）·· 30
 （三）·· 30
雾中登祝融峰步东遨韵······································ 30
 【附】熊东遨原玉·· 31
庐山石门涧过慧远祖师讲经堂步东遨韵············ 31
【附】熊东遨原玉··· 31
 庐山石门涧过慧远祖师经堂同星汉王亚平盛元迎建 31
蒹葭（三首）·· 32
 （一）·· 32
 （二）·· 32
 （三）·· 32
登楼（三首）·· 33
 （一）·· 33
 （二）·· 33
 （三）·· 33
顾渚山诗草··· 34
 太湖舟中口占··· 34
 太湖舟中品紫笋茶······································· 34
 金沙泉（四首）·· 34
  （一）·· 34
  （二）·· 34
  （三）·· 35
  （四）·· 35

顾渚山品茶诵星汉兄昆仑雪煮江南绿句爱其宏伟盗归
　　而成是章因寄世广兄……………………………… 35
　　顾渚山西亭茶楼试笔…………………………… 35
　　报春鸟…………………………………………… 36
　　登陆羽阁夜读《茶经》………………………… 36
滨州诗词学会二十周年庆典试笔…………………… 37
哭汶川戊子端午作…………………………………… 37
杨金亭先生《虎坊居诗草》内无题甚夥亦忧伤亦美丽颇得玉
溪风神读之怆然不能自已因和十章遥寄京华………… 38
　　（一）…………………………………………… 38
　　（二）…………………………………………… 38
　　（三）…………………………………………… 38
　　（四）…………………………………………… 39
　　（五）…………………………………………… 39
　　（六）…………………………………………… 39
　　（七）…………………………………………… 39
　　（八）…………………………………………… 40
　　（九）…………………………………………… 40
　　（十）…………………………………………… 40
鲁甸诗草（五首）…………………………………… 41
　　人工湖漫步……………………………………… 41
　　农家乐品茗……………………………………… 41
　　登崇文阁………………………………………… 41
　　听宪章兄说书艺………………………………… 41
　　赵萍副县长畅谈鲁甸旅游产业前景诗以记之… 42
石门关诗草（五首）………………………………… 42

僰人悬棺解读·····························42

五尺道试马·····························42

石门关寻梦·····························42

豆沙古镇·······························43

读《昭通诗词》卷十·····················43

抚仙湖三和茶楼试笔···························43

读芭蕉筝韵图寄乔会女弟（二首）···············44

（一）·································44

（二）·································44

扎西诗草（八首）·····························44

秋登观斗山得句寄吴敏女史···············44

水田湾子苗寨···························45

过红军扎西会议旧址·····················45

苗寨劝酒歌·····························45

苗寨夫妻树·····························45

苗寨飞云瀑·····························46

鸡鸣三省·······························46

两合崖·································46

抚仙湖听筝·································46

易门馨苑寄武清祖先生·······················47

观王纯生画牡丹·····························47

南阳西峡龙卵解读···························47

郑州至昆明机上寄内（二首）·················48

（一）·································48

（二）·································48

送书法篆刻学段冰博士东渡扶桑（二首）······48

（一）……………………………………………… 48
　　（二）……………………………………………… 49

说剑楼词稿

八声甘州·白杨 ………………………………………… 53
八声甘州·沙枣花 ……………………………………… 53
浣溪沙·拉萨风情（五首）…………………………… 54
　　夜　访 …………………………………………… 54
　　藏族小伙 ………………………………………… 54
　　藏族姑娘 ………………………………………… 54
　　听才旦卓玛独唱 ………………………………… 54
　　观《洗衣歌》…………………………………… 55
念奴娇·左公柳 ………………………………………… 55
天仙子·葡萄沟 ………………………………………… 56
金缕曲·塞上送友人之渝州 …………………………… 56
蝶恋花·忆三巴（六首）……………………………… 57
　　（一）…………………………………………… 57
　　（二）…………………………………………… 57
　　（三）…………………………………………… 57
　　（四）…………………………………………… 58
　　（五）…………………………………………… 58
　　（六）…………………………………………… 58
浣溪沙·石河子风情（四首）………………………… 59
　　市容一瞥 ………………………………………… 59
　　农场金秋 ………………………………………… 59
　　农贸市场 ………………………………………… 59
　　石城洞天 ………………………………………… 60

沁园春·吊地窝子…………………………………………… 60

沁园春·吊坎土镘…………………………………………… 61

沁园春·吊军垦犁…………………………………………… 61

沁园春·姑娘追……………………………………………… 62

江城子·泰戈尔《园丁集·十七》诗意…………………… 62

酷相思·泰戈尔《园丁集·三十二》诗意………………… 63

金缕曲·舒婷《那一年七月》诗意………………………… 63

浣溪沙·葡萄沟情歌………………………………………… 64

贺新郎·和淑萍姐四十自寿词韵…………………………… 64

浣溪沙·巴蜀乡情（五首）………………………………… 65

  （一）………………………………………………… 65

  （二）………………………………………………… 65

  （三）………………………………………………… 65

  （四）………………………………………………… 65

  （五）………………………………………………… 66

沁园春·观石河子首届妇女美术书法摄影作品展……… 66

金缕曲·惜别石河子师范学校85级中师班诸弟子 …… 67

八声甘州·长江边对夕照诵东坡大江东去词…………… 67

金缕曲·重庆至万县舟中…………………………………… 68

八声甘州·三峡……………………………………………… 68

乳燕飞·偕素娟妹游都江堰青城山………………………… 69

金缕曲·杜甫草堂…………………………………………… 69

潇潇雨·武侯祠……………………………………………… 70

风敲竹·伊人笔……………………………………………… 70

满江红·岳庙………………………………………………… 71

蝶恋花·偕二三子西公园游春……………………………… 71

金缕曲·月台 …………………………………………… 72
风敲竹·雪夜 …………………………………………… 72
八声甘州·莫高窟 ……………………………………… 73
金缕曲·登鸣沙山访月牙泉 …………………………… 73
浣溪沙·上山下乡二十周年祭（五首）………………… 74
  （一）……………………………………………… 74
  （二）……………………………………………… 74
  （三）……………………………………………… 74
  （四）……………………………………………… 74
  （五）……………………………………………… 75
乳燕飞·天山深处与哈萨克牧民联欢 ………………… 75
金缕曲·过焦裕禄墓哭焦公 …………………………… 76
水龙吟·余光中《唐马》诗意 ………………………… 76
八声甘州·己巳残秋记梦 ……………………………… 77
浣溪沙·庚午新春 ……………………………………… 77
水调歌头·秋过汨罗江 ………………………………… 78
水调歌头·少陵草堂 …………………………………… 78
八声甘州·惠远古城怀古 ……………………………… 79
玉楼春·读黄山谷《蚁蝶图》（二首）………………… 79
  （一）……………………………………………… 79
  （二）……………………………………………… 79
乳燕飞·携妻子游园赏春 ……………………………… 80
水调歌头·车过天山 …………………………………… 80
浣溪沙·辛未年春塞上作 ……………………………… 81
金缕曲·记梦 …………………………………………… 81
浣溪沙·石河子诗词学会成立赋此以寄 ……………… 81

八声甘州·梁祝……………………………………… 82

水调歌头·辛未中秋北湖……………………………… 82

金缕曲·瑶池………………………………………… 83

八声甘州·交河故城怀古……………………………… 83

八声甘州·七月……………………………………… 84

浣溪沙·寄远（五首）………………………………… 84

  （一）……………………………………………… 84

  （二）……………………………………………… 84

  （三）……………………………………………… 85

  （四）……………………………………………… 85

  （五）……………………………………………… 85

满江红·柯柯牙林海…………………………………… 86

浣溪沙（二首）……………………………………… 86

  （一）……………………………………………… 86

  （二）……………………………………………… 87

金缕曲·读霍松林先生唐音阁歌行…………………… 87

金缕曲·读刘征老师《霁月集》……………………… 88

水龙吟·过孔子墓…………………………………… 88

水龙吟·谒孔庙……………………………………… 89

金缕曲·过龟兹……………………………………… 89

浣溪沙·阿克苏诗词学会成立喜赋…………………… 90

水调歌头·多浪河梨花……………………………… 90

水龙吟·游沂水登舞雩坛…………………………… 91

金缕曲·墨竹………………………………………… 91

满江红·龟兹中秋…………………………………… 92

水龙吟·新疆诗词学会五周年试笔…………………… 92

浣溪沙·读《怨箫楼词稿》（五首）·················· 93
  （一）·· 93
  （二）·· 93
  （三）·· 93
  （四）·· 94
  （五）·· 94
金缕曲·留别塞上诸诗友·· 94
沁园春·奉和刘征老师同调圆明园断瓦韵················ 95
附：刘子原玉··· 95
八声甘州·两江楼··· 96
金缕曲·香港回归前夕作·· 96
八声甘州·登滇池大观楼·· 97
金缕曲·谒孙髯翁墓··· 97
西双版纳词草（八首）·· 98
  虞美人·澜沧江··· 98
  玉楼春·傣家竹楼··· 98
  蝶恋花·赶街··· 98
  临江仙·傣寨夜色··· 99
  鹧鸪天·热带雨林··· 99
  一剪梅·红豆··· 99
  菩萨蛮·泼水节··· 99
  渔家傲·孔雀舞··· 100
滇南词草（十二首）·· 100
  玉楼春·听风楼··· 100
  浣溪沙·南湖··· 100
  虞美人·桃花山··· 101

临江仙·闻一多纪念亭 ……………………………………101
　　渔家傲·万亩石榴园 …………………………………… 101
　　鹧鸪天·异龙湖 ………………………………………… 102
　　破阵子·碧色寨 ………………………………………… 102
　　蝶恋花·燕子洞 ………………………………………… 102
　　鹧鸪天·梨花沟 ………………………………………… 103
　　浣溪沙·戊寅仲春偕二三子东郊探花 ………………… 103
　　蝶恋花·情人草 ………………………………………… 103
　　临江仙·勿忘我 ………………………………………… 104
风入松·观妻子放风筝 ……………………………………… 104
虞美人（二首）……………………………………………… 105
　　（一）…………………………………………………… 105
　　（二）…………………………………………………… 105
浣溪沙（三首）……………………………………………… 105
　　（一）…………………………………………………… 105
　　（二）…………………………………………………… 106
　　（三）…………………………………………………… 106
鹧鸪天（三首）……………………………………………… 106
　　（一）…………………………………………………… 106
　　（二）…………………………………………………… 107
　　（三）…………………………………………………… 107
临江仙（二首）……………………………………………… 107
　　（一）…………………………………………………… 107
　　（二）…………………………………………………… 108
水调歌头·过洞庭湖登岳阳楼 ……………………………… 108
金缕曲·三峡屈原祠 ………………………………………… 109

八声甘州·访东坡赤壁……………………………109
金缕曲·重登黄鹤楼……………………………110
金缕曲·《中华诗词》十周年试笔……………………110

说剑楼歌行

听鸟歌……………………………………………113
看花歌……………………………………………114
补天歌……………………………………………115
醉酒歌……………………………………………117
听闵惠芬胡琴独奏赛马行………………………118
横越天山行………………………………………119
惠远古城放歌……………………………………120
听闵惠芬胡琴独奏江河水………………………122
哭焦裕禄…………………………………………123
梁祝引……………………………………………124
北湖秋月歌………………………………………125
长乐山人作书歌…………………………………126
欣欣居士抚琴歌…………………………………127
万公硬笔书法歌…………………………………128
杨子丹青吟………………………………………129
龟兹放歌…………………………………………130
龟兹梨花歌………………………………………131
多浪公园月季谣…………………………………132
柯柯牙林海行……………………………………133
欧阳先生说诗歌…………………………………134
龟兹秋月歌………………………………………135
井冈山放歌………………………………………136

延河谣	138
甲午百年长歌	139
南征歌留别塞上诸诗友	140
岭南行	141
桃花山放歌	143
老将行赠肖公致义	144
听风楼放歌	145
风骨颂	147
哭孔繁森长歌	149
三峡行	150
归去来兮歌	152
西部屯垦歌	154
菊花诗会歌	156
西双版纳行	157
燕子洞歌	159
踏歌行寄李振东先生	161
诗官歌	162
至公堂浩歌	163
丽江行	166
题草野轩诗书画集	167
黄公度先生谢世百年读《人境庐诗草》	
怆然作歌寄怡然兄香江	168
祭聂耳长歌	170
紫笋茶歌	172
开华先生狂草歌	174
石韵轩主篆刻歌	175

王纯生山水牡丹歌……………………………………177

逝 川

《逝川》序……………………………… 晓 雪 181
序《逝川》……………………………… 丁国成 185
断　桥……………………………………………192
沉　默……………………………………………193
苦豆子……………………………………………195
仙人掌……………………………………………197
西部热……………………………………………198
题画《出塞》……………………………………201
打扑克……………………………………………201
星　空……………………………………………204
期　待……………………………………………205
相思树……………………………………………206
梁祝（一）………………………………………207
梁祝（二）………………………………………208
重　洋……………………………………………209
听　雨……………………………………………210
听　鸟……………………………………………211
望　月……………………………………………212
哦，相思林………………………………………213
七　月……………………………………………214
踏　月……………………………………………215
红　叶……………………………………………216
永　恒……………………………………………217
画　室……………………………………………218

黄　昏	219
题画《草原》	220
延　河	220
未名湖	223
逝　川	224
飘	225
对　酒	226
青　果	228
雨　季	229
背　影	230
橄　榄	231
心　帆	232
潮　音	233

说剑楼律绝

题画竹

懒与群芳争俏妍，悠然摇曳曲溪边。
丹青妙笔传生气，一纸春梢绿满天。

夏 夜

缕缕清风送稻香，群蛙争鼓夜茫茫。
村童自有天然乐，敛声屏息捕萤光。

（一九八三年四月二十四日）

鸭子湖春游

鸭子湖边望，雏莺啭韵长。
新芦高挺翠，弱柳俯飘黄。
拍岸听潮响，临波赏花光。
快哉诗兴发，一曲震沧浪。

（一九八三年五月十日）

别 绪

朔日寒潮劲,孤灯一点红。
莫悲心积雪,且唱翅生风。
笔健宜题画,山高好树松。
吐吞皆浩气,直上化长虹。

(一九八三年十二月四日)

塞上送友人之嘉州

一曲归来心自惊,无端惹动故园情。
巴山樵子山歌绿,蜀水蓑翁水梦轻。
满腹牢骚说北顾,清风两袖唱南征。
愿君勿忘边关草,勤把相思寄雁声。

(一九八四年七月二十九日)

夏夜苦读闻风雨大作

夜深苦读一灯明,帘外忽传风雨声。
顿觉诗情似潮涌,精神抖擞过三更。

(一九八五年六月二十三日)

哭笔（三首）

（一）

十载艰辛我自知，赖君化作数行诗。
应叹骨折魂飞日，正是枝头雪重时。

（二）

观日峨眉豁远眸，相依同上木兰舟。
巫山巫峡江如梦，一纸涛声洗暮愁。

（三）

一夕离君久怅然，灯前独坐理残篇。
从今满腹伤心事，难草新诗付乱弦。

（一九八七年十二月三日）

游葡萄沟

结伴驱车意兴飞，葡萄沟内好风吹。
一溪绿水传清曲，十里黄鹂闹碧枝。
玛瑙堆盘微醉后，胡旋舞袖欲归时。
返乡数载情难已，料理缠绵入小诗。

（一九八九年二月一日）

不 惑

少避炎凉出玉关，壮年始得一枝安。
从戎小试鲲鹏翼，游鲁虚弹学士冠。
断句吟成形影瘦，残编读罢壁灯寒。
时逢不惑春归晚，更遣豪情上笔端。

（一九八九年二月二日）

上山下乡二十周年祭

慷慨悲歌成子虚，风风火火下乡初。
数声鸟唱惊残梦，一曲樵歌绕破庐。
柳下参差渔笛谱，灯前断续圣贤书。
何须弹铗添白发，出有牛车池有鱼。

（一九八九年二月十二日）

涂 鸦

门无车马袖风清，偏嗜逢人说笔耕。
流韵抑扬萦塞草，涂鸦浓淡写江声。
痴心每得痴心句，愤世时吟愤世情。
小试锋芒神焕发，推窗一片月华明。

（一九八九年三月三十一日）

哭焦裕禄

书记而今谁姓焦,争权夺利听喧嚣。
泡桐泣露怀公仆,夕照多情漫野蒿。
墓侧无人除蔓草,山阿有鬼唱离骚。
挑灯草罢相思字,冷月如霜染鬓毛。

(一九八九年八月二十日)

春 塞

出城顿觉寸心宽,迎面啁啾鸟雀喧。
远岫犹凝一片雪,疏篱已露数枝丹。
漾波麦绿摇诗思,垂柳丝黄拂钓竿。
日暮欲归情未了,云霞万里看雕盘。

(一九九〇年四月十五日)

骏马秋月图

塞上苍茫暮色奇,汉唐雁阵起天西。
多情最是今宵月,朗照秋声试马蹄。

(一九九〇年十月二十三日)

灯下偶成

挑灯把盏细思寻，寸草春晖父母心。
翠篆娟娟摇曙色，放歌江海化龙吟。

小记：妻嘱为腹中子命名，沉吟数月，恍然得之。生男则名放歌，生女则名娟娟。子美诗云：风含翠篆娟娟静。吾妻姓修名静而女名娟娟者，望其母女和美也。又余之《惠远古城放歌》近获全国诗词大赛一等奖，子名放歌者，望其无忘为父之志耳。欣慰之馀，诗以记之。

（一九九二年十二月二十六日，子夜）

狂 来

长伴孤灯诵楚辞，清寒未悔作书痴。
围炉煎韵霜凝竹，沽酒浇愁月染诗。
梦逐江潮喧旧垒，魂随雁阵绕秋池。
狂来更上层楼去，欲赋东风第一枝。

（一九九二年十二月二十七日）

癸酉端午作

泽畔行吟两袖风，潇湘几度夕阳红。
堂巢乌鹊裙钗媚，锈蚀黄钟国士穷。
且对清流舒傲骨，难将赤胆证孤忠。
汨罗鹃瘦长啼血，夜夜招魂入梦中。

（一九九三年六月十日）

友人题赠说剑楼大字横幅

一纸淋漓墨，腾飞万里霞。
夜深闻剑吼，破壁走龙蛇。

（一九九四年十月十四日）

寄红柳斋主李英俊先生

苍狗白云过眼空，挑灯看剑气如虹。
临边若未识红柳，对酒焉能唱大风。
滇池洱海波潋滟，龟兹故地岭青葱。
黯然一别真堪忆，长把相思寄梦中。

（一九九四年十一月十二日）

步孙钢先生赠别韵并呈欧阳克嶷先生

诗律老来细，毫端意象奇。
玲珑冰雪韵，烂漫夕阳诗。
碛上赠书处，灯前受教时。
师恩不敢忘，倚梦说相思。

（一九九五年三月十一日）

【附】

孙钢《亚平兄将赴滇南任教赋此赠别》

多浪河边客，豪吟发兴奇。
羊城新载誉，乌市旧论诗。
骊唱销魂际，鹏抟快意时。
南天从此去，万里梦中思。

携妻登滇池大观楼

尽浣征衫万里尘，登楼共与鸟相亲。
一帆残照拂渔唱，几杵疏钟浮海滨。
云外听涛堪洗耳，酒边得句每伤神。
少年狂想老来发，摘取南天烂漫春。

（一九九五年十月二十四日）

携妻游滇南桃花山

早春二月拂和风，吹绽夭桃千万丛。
遥望峰峦皆烂漫，细听鸟语渐朦胧。
豪情欲共花枝发，诗思长因笑靥红。
直上云崖题壁去，夫妻共醉夕阳中。

（一九九五年十月二十五日）

携妻游蒙自南湖湖心有闻一多纪念亭

万里漫游万卷书，吟鞭今又指南湖。
波摇柳浪花擎火，露湿烟汀鱼弄珠。
览胜楼边涛拍岸，闻公亭外鸟相呼。
归来同梦真奇绝，化作微澜荷一株。

（一九九五年十月二十六日）

公 仆

孔繁森殉职，遗产仅人民币八元六角。

公仆身亡魂不安，八元六角惹心酸。
官仓鼠硕皆肥死，君子气粗因素餐。
雪掩泉台万朵白，花开墓侧一枝丹。
挽歌草罢吞声哭，冈底斯山生暮寒。

（一九九六年三月九日）

读黄镇林先生西行吟草（三首）

（一）

毫端花发绣成堆，小憩同擎浊酒杯。
老将宝刀真不老，吟鞭直指古轮台。

（二）

坎儿井水蒲桃枝，争入先生烂漫诗。
直上云峰击节唱，欲招山鬼下瑶池。

（三）

展卷长嗟巧剪裁，云烟万里孕风雷。
天山南北松涛绿，为待先生再度来。

（一九九八年十一月五日）

五十初度

荒江高卧钓流云，蜗战鸥惊了不闻。
偶发长鸣空万马，时将健笔扫千军。
庄生散木枝叶茂，老子双眸青白分。
天命玄冥渺难测，看花听鸟醉红曛。

（一九九九年三月九日）

五十初度寄内时爱子放歌不足六岁

恬淡夫妻烂漫雏，天涯海角共相扶。
山花燃梦人长乐，诗酒澄怀道不孤。
黑市东施争卖俏，朱门南郭善吹竽。
我家香径清风扫，信笔写来皆画图。

（一九九九年三月十一日）

寄紫云斋（三首）

己卯春夏之交，紫云斋主万公拴成自新疆经成都昆明抵蒙自，因过吾庐。盘桓二日，游南湖，探燕子洞，诗酒流连，长谈彻夜，快何如之。谷雨日清晨，余送万公至长途汽车站，惜别依依，不胜怅然。归而伤感，夜不能寐。因成三章，遥以寄之云尔。

（一）

击水三千作壮游，蓬门花径慰深愁。
酒边炼句师兼友，客里伤怀春复秋。
塞北寒霜欺我发，滇南秀色解君忧。
一枝红豆聊相赠，莫忘孤灯说剑楼。

（二）

一段幽忧写未成，此身禁得几阴晴。
酒徒零落怅悬隔，豪气凋伤怕远征。
幸喜边关育诗胆，时喧桴鼓作雷鸣。
婵娟千里人长健，勤把相思寄雁声。

（三）

远离塞北马蹄轻，来作云滇万里行。
燕子洞深娲石碧，南湖波软柳风清。
踏歌鼓桴长烟扫，奋勇探幽豪气生。
日落花间鸣翡翠，偶然到耳两三声。

（一九九九年四月二十一日）

迷 离

迷离往事懒重温，水暖花燃又一春。
长对俗流以白眼，但将热泪与红巾。
酒边豪气三千丈，笔底深忧亿万民。
斗室清狂尘浊绝，挑灯说剑养风神。

（二〇〇二年二月十日）

红豆词（三首）

（一）

南国相思树，春来绿满枝。
枝头红豆发，唯有两心知。

（二）

豆红勿采撷，采撷损青枝。
心有灵犀线，相思无绝期。

（三）

意重心如豆，情长豆似心。
相思剪不断，连理赖根深。

（二〇〇二年八月十四日）

故园步射洪赵敬亭先生韵

又是秋寒侵梦时，故园叶落雁先知。
登楼怕听鹃啼血，漫蘸霜华草小诗。

（二〇〇二年十一月二十四日）

踏 月

那堪往事说从头,且向花间酌暮愁。
沧海鹏抟千里浪,青冥云拂一轮秋。
纤尘不染蒹葭老,旧梦重温锦瑟柔。
泽畔东篱何所忆,巫山烟雨木兰舟。

(二〇〇三年十二月二十八日)

五五自寿

持竿万丈劲如弓,钓取江湖八面风。
山鬼魂招芳草碧,湘灵瑟鼓夕阳红。
且离不悟执迷处,独醉拈花一笑中。
明月入怀尘尽扫,偶然走笔夺天工。

(二〇〇三年十二月二十八日)

秋 感

一片秋声鬓发凋,年来无计避喧嚣。
儿听摇滚走猫步,妻试时装赶浪潮。
电视星追丑小鸭,茶铛香沸大红袍。
而今保姆亦前卫,吃药减肥迷楚腰。

(二〇〇四年年初)

咏冻羊糕

冻羊糕乃淮安名吃尚云先生嘱咏

苍茫一曲落盘中，敕勒川前火正红。
何事微凉生齿颊，荡胸千里草原风。

（二〇〇五年三月十六日）

秋 荷

曾见蜻蜓立上头，花光辉映木兰舟。
幽窗又听风吹雨，禁得苍凉几度秋。

（二〇〇五年九月十六日）

步香江怡然兄摩放草庐吟原韵

听鸟惊魂魄，对花心未安。
歌台春响暖，舞殿袖风寒。
休道草庐窄，且看江海宽。
一声将进酒，笔底卷狂澜。

（二〇〇六年一月十四日）

附：怡然兄原玉

摩放平生乐，苦行心自安。
香江青眼少，梅岭白云寒。
悟道刚柔济，澄怀天地宽。
古风常醉我，人境任波澜。

录旧稿摩放草庐吟呈亚平先生郢政
怡然乙酉之夏于昆明旅次

论诗（四首）

赏 鉴

谈诗说艺好风吹，正是花明柳暗时。
悟得澄怀三境界，登楼欲赋最高枝。

读 破

东篱把酒乐何如，读破前人万卷书。
苏海韩潮生腕底，诗花绚烂鬼唏嘘。

说 工

工字须从炼字求，庖丁游刃以神游。
少陵诗法传三昧，语不惊人死不休。

说 骚

举世皆称平淡高，几人呼酒读离骚。
鬼雄毅魄湖海气，九万里风千尺涛。

（二〇〇六年五月一日至四日）

故园十八拍

　　丙戌暮春，余应邀出席锦城《岷峨诗稿》二十周年庆典，因返盐亭故里寻根，幸承盐亭县诗书画院与文同诗社诸公盛情款待，谈诗说艺，快何如之。余少小离乡，迄今已近五十年矣。

归 来

归来老大怕登楼，弹指浮生已白头。
欲以深杯酹明月，春寒料峭冷于秋。

望 中

浅斟低唱忆春华，识也无涯生有涯。
梦里家山多少事，望中都被乱云遮。

梦 回

梦回底事动深悲，悲怆从来不可医。
独立苍茫何所忆，此情只有落红知。

彭家沟

雨后空山乱絮飞，倦游人伴彩云归。
小桥流水伤心碧，旧梦如烟起翠微。

旧 宅

苦竹摇风漾轻寒，可怜青碧似当年。
儿时残梦寻不得，旧宅蒿莱生暮烟。

记 得

苔侵户牖月轮孤，崖畔梧桐树已枯。
记得春风吹梦绿，梦中时有鸟相呼。

寻 根

寻根万里雨霏霏，谁问冤沉是与非。
又到持竿垂钓处，坟前唯有落花飞。

莎 草

坟头莎草正青青，怕听雏鹃带血鸣。
何事春寒发树杪，为有幽愁暗恨生。

秦 坑

秦坑冤狱断人魂，谁料株连及子孙。
昭雪如今空一纸，当年斩草已除根。

荒 唐

举国大锅青菜汤，树皮薯蔓顶皇粮。
读到农夫犹饿死，后人切莫笑荒唐。

还魂草

当年齐唱感皇恩，唱灭山乡千万村。
墓侧还魂草又绿，谁能借草更还魂。

闲 话

十家竟有九家空，男女争相去打工。
山地水田谁料理，病残老弱与儿童。

梓 江

斗酒能浇万古愁，百篇皆为稻粱谋。
梓江足证圣人语，逝者如斯日夜流。

听 江

读罢少陵川北行,也来倚杖听江声。
寒涛拍岸孤帆远,一曲阳关玉笛横。

虞美人

独立江滨一怆神,落花流水送残春。
牵衣欲语芳洲草,故里皆呼虞美人。

品 茶

灯火楼台艳似霞,古榕叶茂影横斜。
烹茶知是故乡水,饮罢孤怀起浪花。

狂 歌

高朋共酌竞传杯,痛饮狂歌胸胆开。
一曲绕梁将进酒,嫣红先上美人腮。

妙 悟

炎凉阅尽悟高寒,死水何须卷巨澜。
锦瑟无端弦五十,如烟往事不堪弹。

(二〇〇六年五月一日)

白云老弟卸任诗以贺之（四首）

（一）

庙堂累损美人腰，块垒胸中借酒浇。
从此不当牛马走，看花听鸟读离骚。

（二）

你方唱罢我登场，淡抹浓妆上下忙。
顶戴花翎猴戏耳，兴亡成败尽荒唐。

（三）

逝者如斯漫品评，马迁青史一家鸣。
闲来且自焚香坐，静听春莺啼月声。

（四）

持竿钓古君真健，痛吟狂歌我亦能。
短笛无腔吹自在，共将冷眼看潮生。

（二〇〇六年十一月十日）

滇赣唱和小集（十首）

（段晓华　王亚平）

段：大理不逢三月三，犹令词客酒沉酣。
　　轻车纵有盘天翼，君在彩云南更南。
王：举杯邀月影成三，料得伊人兴正酣。
　　险韵诗成天下小，何须更忆彩云南。
段：友于诗酒本成三，何必相逢味亦酣。
　　片片云笺飞袖底，此身已在海天南。
王：举一都云能反三，梦中得句兴犹酣。
　　清辉入户人无寐，知有婵娟挂正南。
段：赓唱自惭难过三，服君才溢笔同酣。
　　红河定有灵泉水，肯惠涓微与赣南。
　　骊歌唱后路分三，飞毂敲诗梦渐酣。
　　无限年光来复去，好同春步下江南。
王：推敲磨琢再而三，羡煞伊人诗思酣。
　　吟罢苍茫云海阔，夜未央兮月正南。
　　再思可矣不须三，胸胆开张仗酒酣。
　　从此寸心存一愿，春风吹梦过江南。
　　忍听阳关曲叠三，登楼把酒忆狂酣。
　　云滇红豆年年发，遥寄秋枝与赣南。
段：同声接二又连三，选梦餐诗味最酣。
　　珍重囊中红豆子，会当联袂再图南。

（二〇〇六年十二月二十六日至二十九日）

聂耳故乡诗草

聂耳故居

听音听以耳,未若以心听。
强虏气虽盛,吾民死可轻。
长城血肉筑,怒吼胆边生。
试叩故居壁,奔雷动地鸣。

通海秀山

登临餐秀色,步健一身轻。
灼灼山花艳,关关鸟语清。
烟云归画卷,天籁出泉声。
风过尘埃扫,茂林涛渐平。

抚仙湖畔听冯乔会女史抚筝力夫振荣同赏

听罢渔舟唱,丹霞一朵飞。
流星过数粒,浪雪涌千堆。
品茗悟高妙,敲诗入细微。
珍藏红豆子,为盼彩云归。

抚仙湖笔架山庄戏作

诗豪云集欲敲诗,万顷权当洗砚池。
巨笔倚天气盖世,区区笔架恐难支。

阳光海岸

宿愿多年今日还,阳光海岸柳含烟。
桨声欸乃云天碧,梦枕渔歌入古滇。

帽天山古生物化石

六亿年轮一刹涠,高陵深谷证飘摇。
远来欲觅洪荒梦,小叩云崖听海潮。

李家山青铜器博物馆

古滇往事渐朦胧,物竞从来胜者雄。
破译李家山上梦,铸成信史是青铜。

仙湖孤岛

波摇云浩荡,一岛压沧浪。
直上高寒酹,幽思接混茫。

秀山洞经古乐十二韵

老子五千言，希声说大音。
秀山存逸韵，元气入瑶琴。
泉过佩环响，香浮曙色侵。
依人鸣小鸟，击节发长吟。
风软花枝展，波寒璧影沉。
空明堪醒目，澄澈可清心。
浪卷江奔海，霜流月漫林。
峰高松竹挺，水远暮云深。
底蕴真难测，幽怀岂易寻。
间关莺婉转，呜咽境萧森。
细品悟玄妙，慎思通古今。
嗒然吾忘我，苍翠染衣襟。

三和茶歌

三和茶为抚仙湖畔冯乔会女史所创品牌。乔会性温顺，善抚筝。筝超妙，茶清纯，乔会人品似之。

浴罢抚仙水，来品三和茶。
青山古茶树，岁岁发新芽。
山深无污染，为有祥云遮。
谁是制茶者，三和女儿家。
三和女儿美，沉静思无邪。
茶品近人品，纯厚品自佳。
茶汤看澄澈，如玉洁无瑕。

茶香清且永，如歌袅云霞。
一杯复一杯，不觉月西斜。
茶香沁肺腑，灵魂渐升华。
品茶悟高妙，携茶走天涯。
三和长入梦，梦回笔生花。

听 筝

丁亥端午后六日游抚仙湖，下榻阳光海岸，因与振荣、力夫同赴"三和齐缘"品茗听筝。冯乔会女史为抚《渔舟唱晚》《春苗》《泼水》《竹排》诸曲，其声悠远，其神清扬。听罢身心两畅，意兴遄飞，真不知今夕何夕矣，特赋长律以记之。

抚仙湖畔月，滟滟漾清辉。
有女抱筝至，含情信手挥。
渔舟听唱晚，雁阵看征西。
浪打寒鸦起，秋来白发欺。
流萤过数点，浪雪涌千堆。
袅袅烟浮柳，萧萧叶落溪。
阳关呼进酒，南陌痛牵衣。
指上玄机妙，弦中变化奇。
春苗争破土，红豆竞登枝。
细雨霏霏下，和风缓缓吹。
悠悠飘牧笛，滚滚走惊雷。
偶上竹排望，时闻玉鸟啼。
桃源树先绿，乌巷燕初回。
曲罢鸡声动，人归遐思飞。

知音自古少，解味从来稀。
除恨谁家剪，浇愁何处杯。
江河九曲水，难挡此心痴。
且赋断肠句，那需绝妙词。
挑灯书怅惘，和泪寄相思。
搁笔推窗望，纤纤月似眉。

（二〇〇七年六月二十四日至二十八日）

登秀山试笔寄杨千成[①]先生

浩荡秋风起，浮云一扫开。
登高餐秀色，曳杖叩烟苔。
共进千杯酒，同倾八斗才。
林涛卷苍翠，滚滚入诗来。

【注】
① 杨千成，云南秀山文化研究会会长。

（二〇〇七年八月二十六日）

秋晚（三首）

（一）

红叶如花月似眉，潇湘云雨渐迷离。
伊人托病卧秋晚，待索吾诗一帖医。

（二）

匡庐一夜听松诗，从此诗飞万里潮。
独酌秋寒云弄影，孤灯如豆雨潇潇。

（三）

同执吟鞭作壮游，诗敲塞北一轮秋。
生生燕语明如剪，难剪长河九曲愁。

（二〇〇七年十月三日）

雾中登祝融峰步东遨韵

偷闲又得一登山，对酒莫歌行路难。
梦觉梦沉皆妙境，美人宜向雾中看。

（二〇〇七年十月三日）

【附】熊东遨原玉

从今莫更说庐山，真面人间一见难。
天许诗家增想象，祝融峰在雾中看。

庐山石门涧过慧远祖师讲经堂步东遨韵

歌罢桃夭陌上桑，登高来拜讲经堂。
中天明月浮完璧，石上清泉无断章。
但悟真诠尘尽扫，偶餐秀色又何妨。
插花呼酒且长啸，不放春心入老苍。

（二〇〇七年十月三日）

【附】熊东遨原玉

庐山石门涧过慧远祖师经堂同星汉王亚平盛元迎建

闻经几度梦紫桑，此日随缘过讲堂。
百变峰俱真面目，千寻瀑是旧文章。
无心涉世愚何碍？有井观天小不妨。
忽见空山动佳气，两三飞鸟入青苍。

蒹葭（三首）

（一）

窗浮冷月溢清寒，红豆青枝拂紫弦。
何事中宵人不寐，挑灯细品鹧鸪天。

（二）

登楼纵目觉孤寒，忍听湘灵五十弦。
纵有女娲补天石，也难补此恨如天。

（三）

深杯独酌不胜寒，暗把相思付乱弦。
一曲蒹葭千古恨，鹃声啼破葬花天。

（二〇〇七年十二月二十四日）

登楼（三首）

（一）

春生红豆证流年，入骨相思托梦传。
一段痴情肠九曲，怕看花落怕听鹃。

（二）

相思梦断信难缝，欲草新词墨未浓。
日暮登楼何所忆，远山都被乱云封。

（三）

秀色明眸忆秀山，依人莺语听间关。
一别迷魂招不得，年来旧梦未能删。

（二〇〇八年一月二日）

顾渚山诗草

太湖舟中口占

何需借酒洗闲愁，击水三千作壮游。
为听春莺啭春蕾，一声清啸下湖州。

太湖舟中品紫笋茶

浩歌击节震沧浪，舀取湖光与月光。
炉火松毛烹紫笋，诗追鸥翅入微茫。

金沙泉（四首）

（一）

芒鞋竹杖叩苍苔，云水襟怀至此开。
细酌清寒烹月色，泉声响入梦中来。

（二）

隔簧竹听水丁冬，瑟鼓湘灵夕照红。
青鸟传书催紫笋，瑶池应与此泉通。

（三）

丛篁娲石涌金沙，曾汲银瓶贡帝家。
杨柳新翻民做主，共将浏亮煮春芽。

（四）

又是茶山吐翠时，泉声惊梦我先知。
红炉红焰燃红叶，细品东风第一枝。

顾渚山品茶诵星汉兄昆仑雪煮江南绿句爱其宏伟盗归而成是章因寄世广兄

瑶池痛饮月昏黄，试马湖州笔正狂。
德至有容称浩荡，诗于无尽见悠扬。
昆仑雪煮江南绿，玉洱杯分漠北香。
联袂高歌天下小，吟鞭东指海苍茫。

顾渚山西亭茶楼试笔

小坐西亭读楚骚，闲愁今日且全抛。
听泉悟道云浮岫，倚竹围炉翠滴梢。
鸟唱烟涛和梦煮，诗行棋子共僧敲。
凭栏快览伤心碧，花木无声正吐苞。

报春鸟

《顾渚山茶记》：顾渚山中有鸟如鸺鸹而色苍，每至二月作声曰春起也，三四月云春去也，采茶人呼为报春鸟。

一声春起也，涧壑碧云堆。
翠滴旗芽绽，红奔海日来。
烟飞明月峡，霞酌紫砂杯。
谷应茶歌响，携香踏韵回。

登陆羽阁夜读《茶经》

攀崖采茶香，夜烹观茶色。
欲解茶中味，琢磨夜继日。
卅载弹指过，春华结秋实。
煌煌经一卷，道传奇彩溢。
捧经挑灯读，恍然心有得。
但观色香味，难造道之极。
兼论壶与水，可期有所获。
壶容江海深，水涌千秋碧。
有容德乃大，天地人合一。
品茶性有别，分流儒道佛。
佛空道归无，儒品独重德。
亦别亦相通，和美是其则。
和为美之源，无过无不及。
经以人为本，茶农与茶客。
饮茶畅身心，种茶求收入。

互利与互惠，大道宽且直。
史称茶农苦，辛劳非所值。
诗中怨恨声，能察政之失。
但愿司马读，泣下青衫湿。
读经如采茶，精华带露摘。
窗外风敲竹，似鼓圣人瑟。
掩卷推窗望，不知东方白。

（二〇〇八年五月七日至十二日）

滨州诗词学会二十周年庆典试笔

黄河浩荡沐春风，廿载高歌日正东。
霞映征帆涛卷雪，香浮梦境雁来红。
为祈笔健诗长俏，因寄情深句未工。
一曲相思乱还理，遥看弦月挂如弓。

（二〇〇八年六月五日）

哭汶川戊子端午作

忍泪含悲送一程，歌飞血肉筑长城。
半旗低卷南天黑，举国遥望北斗明。
永不凋零爱心在，未曾垮塌脊梁撑。
十三亿众呼挺住，齐唱春风吹又生。

（二〇〇八年六月八日）

杨金亭先生《虎坊居诗草》内无题甚夥亦忧伤亦美丽颇得玉溪风神读之怆然不能自已因和十章遥寄京华

（一）

孤怀烛泪旧曾谙，忍听阳关曲叠三。
云海苍茫啼杜宇，情丝缱绻吐春蚕。
香山拾级赏青翠，湘水横舟忆湛蓝。
长抚无弦琴上月，庄生蝶梦得详参。

（二）

栏杆拍遍短长亭，难解胸中未了情。
几处莺歌春蕾绽，谁家云破月华明。
枝头红豆因愁发，天际奔雷挟恨鸣。
逝者如斯长已矣，危楼独坐听秋声。

（三）

踏花携酒上层楼，独自凭栏品暮愁。
锦瑟难消蓟北苦，琵琶欲拨洞庭秋。
采莲横笛吹红袖，寻梦开箱验石榴。
风雨鹃声司马泣，无端齐压木兰舟。

（四）

怕叩空山雨后苔，凤凰琴响播馀哀。
窗前冷月缺难补，眉上愁云扫不开。
剩有丁宁分寂寞，恨无消息到泉台。
清明时节荒原翠，携取轻寒入梦来。

（五）

又是浅斟微醉时，无医可治寸心痴。
纷纷弄影花如雪，脉脉窥窗月似眉。
易水雁回寒入梦，湘灵瑟鼓夜投诗。
离愁难理乱还理，且把秋红寄一枝。

（六）

从来才命两相妨，一别音容归渺茫。
堪恨春芳无久碧，重温遗墨有馀香。
清风杨柳梦难稳，细雨梧桐夜未央。
纵不思量岂能忘，弦月如眉照虎坊。

（七）

拍岸秋潮寒不禁，谁家幽怨抚瑶琴。
望中云破流星坠，波底光摇璧影沉。
疑月窥帘知梦窄，听歌怀旧悟情深。
鹧鸪天暗孤帆远，独酌残杯助苦吟。

（八）

无望今生得再逢，砌成此恨一重重。
月残海角焉能补，肠断天涯那可缝。
漫下画帘掩秋色，慵将彩笔写春浓。
不眠长夜非关病，为听寒山一杵钟。

（九）

休道相思寸寸灰，且看紫燕送春回。
红酥手草钗头凤，玉簟秋歌一剪梅。
洛浦惊鸿翠袖薄，瑶池晓镜绿云堆。
最喜物华添媚妩，落霞孤鹜夜光杯。

（十）

稼轩豪气压当时，俯视须眉漱玉词。
曾羡鲁齐多俊彩，今看蓟北挺高枝。
春心有托鹃啼血，蝶梦难凭蚕吐丝。
千古无题奔后浪，义山锦瑟虎坊诗。

（二〇〇八年六月八日至十日）

鲁甸诗草（五首）

人工湖漫步

云影天光映碧波，人工湖畔绿婆娑。
寸心何事怦然动，掠水唧啾一鸟过。

农家乐品茗

饱餐山色与湖光，更对斜晖纳晚凉。
竹影玉壶烹古月，兴来走笔写茶香。

登崇文阁

泰山千古仰崔嵬，且对流云酹一杯。
快览苍茫天远大，崇文阁上月徘徊。

听宪章兄说书艺

池砚涛鸣日月长，残碑断碣记微茫。
满怀悲怆说难尽，悟得孤寒出暗香。

赵萍副县长畅谈鲁甸旅游产业前景诗以记之

文化朱提听畅言，汉唐杨柳正新翻。
打造品牌成伟业，昭通史记后花园。

（二〇〇八年七月二十二日）

石门关诗草（五首）

僰人悬棺解读

怒目犹望鹰隼过，眉间豪气未消磨。
谜悬绝壁启遐思，痛饮僰人劝酒歌。

五尺道试马

且把斑斓采一枝，蹄敲古道溅幽思。
风流如我鬓如雪，也拟踏歌听马嘶。

石门关寻梦

石门关原为古丝绸之路南线重镇，扼控蜀滇咽喉，史称"锁钥"。

一关如铁压雄边，上有双轮日月悬。
我来欲觅汉唐梦，拾取苍凉问杜鹃。

豆沙古镇

豆沙古镇处石门关畔，汉唐时商贾云集，盛况无匹。二〇〇六年地震，古镇荡然。震后重建，面貌一新。

地裂天崩志不穷，辉煌重铸气如虹。
栈阁连云山叠翠，千年古镇沐新风。

读《昭通诗词》卷十

势成一统诗书画，鼎立三分儒道禅。
更仗江山增浩气，同挥大笔写明天。

（二〇〇八年七月二十三日）

抚仙湖三和茶楼试笔

登楼寻旧梦，快览意如何。
胸纳云天阔，筝鸣感慨多。
烟涛奔万马，茶道悟三和。
向晚渔舟唱，伊人秋水歌。

（二〇〇八年八月七日）

读芭蕉筝韵图寄乔会女弟（二首）

（一）

指上深情拨性灵，勿听以耳以心听。
清泉浣梦人如月，筝抚芭蕉一曲青。

（二）

筝抚芭蕉一曲青，伊人秋水不分明。
西楼月色摇花影，独品相思到五更。

（二〇〇八年九月二十六日）

扎西诗草（八首）

秋登观斗山得句寄吴敏女史

料理清狂踏翠微，山溪为我浣征衣。
千年古刹黄一角，万顷烟涛青四围。
暂远俗尘观斗转，共将冷眼看云飞。
平生快览兹为冠，采得双红豆子归。

（二〇〇八年九月二十六日）

水田湾子苗寨

驱车直上水田湾，来品苗家米酒鲜。
一曲溪寒声挂壁，万顷风绿翠摇天。
放飞浪漫襟怀畅，拾得啁啾鸟语圆。
何事夜归梦难稳，野花朵朵梦中燃。

（二〇〇八年九月二十六日）

过红军扎西会议旧址

沿溪寻旧迹，把酒酹荒坟。
玉露凋残叶，秋声入暮云。
风清鸣翠鸟，梦热忆红军。
青史挑灯看，凭谁说两分。

（二〇〇八年九月二十六日）

苗寨劝酒歌

翠竹杯斟劝酒歌，衣香人影两婀娜。
明眸妩媚歌霸道：想不想喝都得喝。

苗寨夫妻树

长忆双双沐夕晖，根须盘络鹧鸪飞。
我来但见孤寒影，怕听游人说紫薇。

苗寨飞云瀑

九曲溪寒声挂壁,万山风绿翠摇天。
女娲石上云烟涌,啼破苍凉是杜鹃。

鸡鸣三省

南蜀滇黔一脉通,云崖耸翠挂长虹。
最是动人魂魄处,一声鸡唱万山红。

两合崖

摧山破石走狂澜,浪雪千堆一壑寒。
举首烟云横断壁,云中清啸有雕盘。

(二〇〇八年九月二十七日)

抚仙湖听筝

有女飘然至,满座叹娉婷。
眉间凝秀色,指上起涛声。
筝抚渔舟晚,诗敲秋月明。
曲终余韵绕,渐觉寸心平。

(二〇〇八年九月二十七日)

易门馨苑寄武清祖先生

梦回山水送清音,杯酒东篱对菊斟。
莫叹云烟过无影,闲来且向画中寻。

(二〇〇八年十月十日)

观王纯生画牡丹

墨泼滔滔八尺宣,操将游刃割嫣然。
平生快事何为最,共赏纯生画牡丹。

(二〇〇八年十月十八日)

南阳西峡龙卵解读

南阳西峡存恐龙蛋化石五万枚。恐龙公园掘隧道供游客观赏。入隧道,龙卵高悬,琳琅满目,启人遐思。

曲径幽微逐梦遥,年轮声转劲如潮。
为存瞬息沧桑变,化作谜悬不肯涸。

(二〇〇八年十月二十七日)

郑州至昆明机上寄内（二首）

（一）

九万里风秋兴浓，垂天翅挂晚霞红。
何事轻寒侵左翼，一痕冰薄月如弓。

（二）

直上高寒试霸才，云边捕得夕阳回。
入门妻子应刮目，拍翅我从天外来。

（二〇〇八年十月二十九日）

送书法篆刻学段冰博士东渡扶桑（二首）

（一）

怀抱莫嗟人不知，长风破浪此其时。
走刀气壮凌云翅，泼墨涛惊洗砚池。
墙外红英香馥馥，天涯芳草碧离离。
鸥鸣声逐孤帆远，独立苍茫吟所思。

(二)

阳关又听浥轻尘，满腹牢骚屈不伸。
几处村氓歌下里，谁家白雪和阳春。
胸中澎湃涛千尺，云外辉煌日一轮。
直挂风帆沧海去，独行人是自由人。

(二〇〇八年十二月二十九日)

说剑楼词稿

八声甘州·白杨

　　对疾风乱雨冷冰霜，正气振千家。纵茫茫雪海，沉沉荒漠，也要抽芽。生性刚强倔强，昂首笑风沙。叶叶枝枝挺，不著虚花。　　谁道边关寒苦，看翩翩我舞，绿叶清嘉。更甜甜欢唱，流韵满天涯。叹骚人、空悲杨柳；不知春、在我不挠桠。阳关外，鼓千重浪，直上云霞！

（一九八三年一月七日）

八声甘州·沙枣花

沙枣生大漠苦寒之地，春来花旺，异香扑鼻。

　　笑人称桂子最多娇，屡屡见诗骚。看边关大漠，万丛沙枣，骨傲枝豪。冷对风刀霜剑，叶碎志不凋。待得春归后，更把香飘。　　我爱此香浓烈，荡满天馥郁，滚滚滔滔。叹花枝何瘦，花气竟冲霄。数天公、用心良苦；令此花、塞外弄春潮。擎一束，插高瓶内，壮我诗涛。

（一九八三年十一月十日）

浣溪沙·拉萨风情（五首）

夜　访

我趁春风访古城，山前忽落半天星。明明灭灭万家灯。　　路侧方惊头叩地，耳边又讶佛谈经。归来数载梦魂轻。

藏族小伙

练就擎鹰猎虎身，城乡贸易往来频。马蹄得得弄轻尘。　　插剑横腰增胆气，披袍袒臂抖精神。一声唿哨入青云。

藏族姑娘

逛罢新城兴致高，三三两两唱山腰。怀中紧抱小羊羔。　　忽见金珠玛米过，一团亲切上眉梢。悠鞭故把马铃敲。

听才旦卓玛独唱

一曲高歌毛泽东，遥将深意寄飞鸿。我轻击节醉朦胧。　　莞尔雪峰冰岭水？快哉溪谷草原风？青天雨后灿然虹？

观《洗衣歌》

一串格桑梅朵桑,救星来到我家乡,和风煦煦送吉祥。　　尽洗军衣人影远,轻留江面梦丝长。悠悠荡荡久飞扬。

（一九八三年十一月至十二月）

念奴娇·左公柳

同治四年春,浩罕贼酋阿古柏窜入喀什喀尔,旋自称毕调勒特汗,攻陷天山南北。光绪二年夏,左公宗棠挥师出塞,苦战一年半,殄灭阿贼,新疆重归版图。西征之日,左公命军沿途植柳。百馀年矣,道旁仍有青青者。

少人知矣,左公柳、关外沉沉凝碧。夜夜梦中闻战鼓,万里晴天霹雳。风起云奔,人欢马怒,剑指天西北。狼烟一扫,匪酋谈虎惊魄。　　应叹沙掩霜摧,左公驰马处,了无痕迹。但剩参差官道柳,乱絮年年飞白。落絮何轻,萦思何重,长送春消息。声声羌笛,左公魂满戈壁。

（一九八三年十一月二十七日）

天仙子·葡萄沟

　　我访歌魂秋色浅,轻叩马蹄山蜿转。藤深不见放歌人,溪流溅,花枝乱,扑面抛来歌一串。　　礼让殷勤入小院,一树榴花红灿灿。葡萄架下醉歌飞,美目盼,情无限,缕缕丝丝牵梦幻。

　　　　　　　　　(一九八四年三月二十五日)

金缕曲·塞上送友人之渝州

　　屡屡伤离别。又那堪、冰封塞上,峭寒时节。一纸书来销魂久,夜半孤灯明灭。怅然意、一时难说。欲借长歌成一哭,奈胸中隐痛浑如割。戈壁柳,徒低拂。　　巴山小调峨眉月。更江峡、飞舟如箭,惊涛如雪。万里好风归大翼,故地春潮正热。看抖擞、雄姿英发。夜夜兴来清吟后,愿梦魂勤把关山越。勿忘我,望乡骨。

　　　　　　　　　(一九八五年三月十二日)

蝶恋花·忆三巴（六首）

（一）

　　忆昔孩提心事少。最爱村前，一曲流溪绕。春日桃花花信早，红红白白香飘渺。　　结伴沿溪秋割草。背篓斜背，赤脚穿山道。割罢归来迎夕照，胡编乱唱秧歌调。

（二）

　　北岸姓王南姓赵。小小山村，世世姻缘好。唢呐声声惊百鸟，新婚娘子乘花轿。　　大红大绿花布袄。轿过溪桥，炸响桥头炮。唬得新娘心直跳，羞羞答答低头笑。

（三）

　　爱过新年看热闹。为做新衣，缠着妈妈要。瞋目妈妈佯作恼，我一咧嘴妈妈笑。　　除夕酒香飘到晓。十五元宵，提着灯笼跑。荡起秋千风吹帽，耳朵捂紧听鞭炮。

（四）

难忘坡前鹈鸲鸟。夜夜催归，催得东方晓。浪迹天涯人渐老，梦中犹学痴情调。　又梦持竿垂晚钓。蛐蟮难寻，拨遍溪边草。更捉迷藏吹口哨，闹翻小小山神庙。

（五）

自幼同骑竹马跑。爱著花衣，爱扭秧歌调。大旱三年人瘦小，别时篱畔凄然笑。　一别多年音讯杳。待得归时，唯见墓边草。静夜思之心似绞，灯前叹息知多少。

（六）

大旱之秋求腹饱。不胜依依，西出阳关道。伙伴东篱敲大枣，无言送别离窝鸟。　二十馀年人渐老。忽报三巴，近岁年成好。缕缕乡魂心底绕，挑灯狂草相思稿。

（一九八五年三月十四日至十六日）

浣溪沙·石河子风情（四首）

石河子初为茫茫沼泽，僻处新疆准噶尔盆地之南。兵团军垦战士开发三十馀载，蓁莜净扫，万象更新。人或有以戈壁明珠称之者，非虚誉也。

市容一瞥

乘兴一游客梦惊，明珠端的不虚名。南腔北调说繁荣。　　路畔层楼腾瑞气，街心花圃吐芳馨。和风远送读书声。

农场金秋

戈壁农场秋色奇，地头宅畔柳参差。白杨列阵护长堤。　　鬼祟西瓜藏翠蔓，娇羞苹果醉高枝。浓荫有鸟唱相思。

农贸市场

农贸市场人似潮，凉棚一线起喧嚣。还钱讨价费推敲。　　塞上炭红呼烤肉，海南风绿润香蕉。鲜鱼鳞甲映波涛。

石城洞天

边塞新城新事多,洞天周末乐如何。连衣裙子舞婆娑。　如梦如烟花四步,惊天动地迪斯科。有人助兴正高歌。

（一九八五年九月二十六日）

沁园春·吊地窝子

兵团军垦战士开发天山南北之初,食宿维艰,遂掘地为穴,上覆草泥而居之,故人称地窝子。噫!地窝子,其非上古穴居而野处之馀韵也欤。

学古人居,迎万重沙,对百丈冰。任椽间一孔,长流月色;门边数罅,时漏风声。莫合烟浓,垦荒梦美,鼻息如雷摇壁灯。闻鸡起,伴南泥湾调,耕落残星。　卅年巨变堪惊。看北国江南处处青。更渠旁堤畔,春风得意;枝头垄里,瓜果欢腾。广厦驱寒,老兵退伍,难忘悠悠陋室情。遗址上,听有人吊古,正赋长征。

（一九八五年十月三日）

沁园春·吊坎土镘

新疆维吾尔自治区展览馆橱窗内，存有兵团军垦战士使用过的坎土镘一把。

伫立窗前，无语相看，思绪万千。叹开渠引水，三分柄瘦；披荆斩棘，数寸锋残。大漠驱寒，莽原夺宝，唤取春风出玉关。卅年后，看嫣红姹紫，绿满天山。　　几番梦绕魂牵。念壮士青青两鬓斑。更几人健在，依依堤上；几人作古，默默垄边。红柳情深，白杨意重，应记当年创业难。东流水，唱英雄子弟，又上征鞍。

（一九八五年十月五日）

沁园春·吊军垦犁

新疆维吾尔自治区成立三十周年之际，石河子市政厅前，大型雕塑军垦第一犁落成。扶犁将军，拉纤战士，栩栩如生。

百战将军、戍边猛士，塞上躬耕。看一犁破土，荒滩春涌；双纤并力，大漠弦惊。体屈弓张，息凝劲发，此际无声胜有声。淋漓汗，正浇开新蕊，驱逐残冰。　　壮哉北国长城。听四海争谈农垦兵。更毡房手鼓，永存豪气；牧场笛韵，长颂威名。千里宏图，百年基业，自有边关子弟承。仰天啸，唱英雄本色，万古长青。

（一九八五年十月十二日）

沁园春·姑娘追

"姑娘"追为哈萨克族马上游戏。小伙追上姑娘，可挑逗之；姑娘追上小伙，可鞭击之。倘鞭轻力微，则姑娘属意于小伙也矣。

风起云奔，人欢马怒，霹雳惊涛。看流星赶月，姑娘矫健；飞鹰搏兔，小伙高超。假假真真，真真假假，笑逐蹄花入野蒿。撩人处，是轻扬轻落，一缕鞭梢。　　数声唿哨冲霄。尽揽辔双双过小桥。任一团欢畅，叩鸣银镫；几分羞涩，辉映红袍。马后依依，马前脉脉，万语千言难绘描。情难已，更飞缰驰骤，掣动狂飙。

（一九八五年十月十四日）

江城子·泰戈尔《园丁集·十七》诗意

小桥芒果野人家，鸟叽喳，落飞花。一朵悠悠，顺水入篱笆。痴对落红人欲醉，安遮那①，软遮拉②。　　羊羔结队逐残霞。暮阴遮，月笼沙。数粒寒星，无语缀枝桠。手抚羊羔心暗诵：安遮那，软遮拉。

【注】
① 安遮那为诗中小河名。
② 软遮拉为诗中姑娘名。

（一九八五年十二月十一日）

酷相思·泰戈尔《园丁集·三十二》诗意

一笑回眸深有意。惹风暴,生胸际。怅河畔歌声成往事。相约在,花开季。相别在,花飞季。　　五月枝头红欲沸。足音响,牵诗思。叹当年温馨今更炽。腮上有,伤心泪。梦里有,开心泪。

(一九八五年十二月十三日)

金缕曲·舒婷《那一年七月》诗意

江上南风热。恨当时、温情凋谢,怅然离别。灯火沿江挥浊泪,天际残阳如血。看逆水、扁舟一叶。火焰花儿星星树,尽一时化作烟中物。码头上,正七月。　　空阶脚步声明灭。更断鸿、难传音讯,旧弦尘结。直上青云知何用,心岸长年积雪,腰折处、一团锈屑。伊对七月成幻影,料对伊七月成空缺。长夜笛,欲吹裂。

(一九八五年十二月十六日)

浣溪沙·葡萄沟情歌

手鼓轻敲暮影遮，悠悠荡荡过篱笆。篱边闪出艾迷拉。　舞步翩翩惊夜雀，歌丝袅袅醉秋花。葡萄架上月如纱。

（一九八五年十二月二十七日）

贺新郎·和淑萍姐四十自寿词韵

墨迹今犹湿。叹伤痕、深深浅浅，动人心魄。额尔齐斯春泼翠，一曲神游堪惜。更水调、垂杨羌笛。白草青毡黄沙里，听驼铃欢畅流山泽。馀韵远，绕胸臆。　巴山桃李添殊色。对江潮、千秋意马，啸吟声急。两袖清风无反顾，肯把光阴虚掷。腾五彩、凌云健笔。中夜连声呼进取，愿天南地北传心迹。九万里，比双翼。

（一九八六年三月七日）

浣溪沙·巴蜀乡情（五首）

（一）

垂老还乡意转迷，柏油路过小桥西。夭桃笑举粉红枝。　　有色有声包产地，如荼如火录音机。似曾相识一声鸡。

（二）

雨后山村景色奇，长虹落照润轻雷。数花含笑出东篱。　　枝叶青青敲韵竹，风荷灼灼养鱼池。斜飞燕子夺香泥。

（三）

夕照滩前景色新，渔歌插翅绕江村。村姑舞网捕欢欣。　　柳下一舟依绿水，枝头数鸟唱黄昏。儿童踏浪乱纷纷。

（四）

雀噪鸡鸣野趣深，小桥流水谱清音。浓荫尽处又浓荫。　　嫩竹摇风堪去暑，芭蕉无雨也清心。归来花气满衣襟。

（五）

　　游子还乡寻梦来，隔溪忽见小楼排。芭蕉翠竹衬阳台。　　茅屋柴门成旧迹，欢声笑语满新街。开怀且尽手中杯。

（一九八六年三月七日）

沁园春·观石河子首届妇女美术书法摄影作品展

　　迎虎年风，挺傲寒枝，绽雪里苞。看临风一唱，美人蕉醉；回眸一笑，大理花娇。西域风光，南疆情调，军垦犁掀万里潮。荷花艳，出污泥不染，韵远风高。　　几番叶落蓬飘。任一段痴情上碧霄。叹轻描淡写，窗前灯下；浓涂重抹，秋野春郊。笔秃毫摧，甜来苦尽，小试锋芒意气豪。丹青美，听声声赞叹，阵阵春涛。

（一九八六年三月九日）

金缕曲·惜别石河子师范学校85级中师班诸弟子

更进一杯酒。念相知、师生一载,正堪回首。十月金风生豪气,满校涛飞雷吼。明月夜、书声催漏。采得清香香如蜜,盼文坛他日添新秀。枝上蕾,渐红透。　　联欢会上情深厚。任歌声、飘飘渺渺,熏衣染袖。欲咏阳关抒离思,怕惹诗魂消瘦。借一语、伴君左右:千里之行凭足健,看龙驹驽马争驰骤。锲不舍,金石镂。

（一九八六年六月二十三日）

八声甘州·长江边对夕照诵东坡大江东去词

爱惊涛乱石大江东,万里咏飞舟。倩清风一缕,遥遥吹梦,来觅沙鸥。日染涛声如炽,故故豁吟眸。两岸灯欢畅,明灭高楼。　　一曲渔歌如醉,看烟波短艇,网影悠悠。动情丝无限,袅袅逐奔流。念千秋、沉浮兴废；叹而今、秀色满田畴。沉吟处,渐江潮涌,新月如钩。

（一九八六年七月十五日）

金缕曲·重庆至万县舟中

久梦江边树。伴冲霄、数声汽笛，踏歌东去。船疾涛飞魂魄动，满目流云走雾。掩不尽、青洲绿渚。正诧繁星浮江岸，又一声鸡唱惊南浦。岸阙处，日初吐。　　船头猎猎红旗舞。看烟波、飞霜卷雪，后奔前赴。远近山村真如画，簇簇青苍环护。帆影里、渔歌无数。遍拍阑干诗潮涌，送一声清啸千山暮。霞韵美，起鸥鹭。

（一九八六年八月三日）

八声甘州·三峡

仗东坡一曲大江东，千古泻雄风。看涛惊山脚，鹰摇陡壁，浩气横空。浪破夔门如削，幻梦满江中。霹雳依舷吼，烟雨迷蒙。　　遥指山前禹迹，念屠龙治水，万世奇功。叹霞边神女，夜夜望归鸿。一声声、川江号子；绕云帆、帆舞韵无穷。凭余勇，下宜昌去，好月如弓。

（一九八六年八月四日）

乳燕飞·偕素娟妹游都江堰青城山

　　结伴寻秋去。听人称、而今秋在,青城深处。绕道都江烟雨重,索道高悬奇趣。二王庙,香生门户。伫立滩头凝望久,念屠龙伟业垂千古。远峰淡,淡如雾。　　入山阿妹闲不住。任革履、高跟镗鞳,韵飘一路。笑逐流云惊梦幻,更学枝头鸟语。呼摄影、回眸倚树。游罢依依惜别际,竟牵衣问我青城赋。聊寄此,短长句。

（一九八六年十二月六日）

金缕曲·杜甫草堂

　　颠沛流离久。暂移居、浣花溪畔、寄篱托友。难忘狰狞石壕吏,老叟逾墙而走。天柱折、狼嚎虎吼。可叹凄凄河阳月,照征夫少妇新婚后。忧国泪,湿衣透。　　茅屋飘摇秋风骤。盼巍巍、万千广厦,庇寒护幼。最是一声吾庐破,千载犹存温厚。浩然兮、德馨室陋。却喜游人来四海,看满堂翠竹冲天秀。金缕曲,堂前奏。

（一九八六年十二月九日）

潇潇雨·武侯祠

叹锦官城外渐秋深，鹈鸠送清音。念躬耕陇亩，心存黎庶，砥柱胸襟。一席隆中谈笑，遗响到如今。赤壁烟消处，细浪沉沉。　　卅载连吴伐魏，记街亭失守，戍堞鸣琴。更才长计远，强敌也倾心。为中兴、死而后已；看祠内、古柏正森森。出师表，透浩然气，字字千金。

（一九八六年十二月十日）

风敲竹·伊人笔

伊人赠我金笔一支，迄今已二十馀年矣。知我者，唯此笔而已矣。

伴我耕耘久。念当时、黯然赠别，几番回首。犹记殷勤叮嘱语：勿忘故园烟柳。更谁料、香消蓬走。往事廿年成梦幻，剩笔锋与我长相守。不忍醉，重阳酒。　　为伊消得人长瘦。幸而今、明时盛世，百花争秀。我试锋芒星月下，一缕芳魂萦袖。又一阕、新词草就。欲问诗涛来何处，看笔镌小字情深厚：锲不舍，金石镂。

（一九八六年十二月十二日）

满江红·岳庙

还我河山，英雄泪、千秋犹热。残梦里、赤旗金鼓，大呼北伐。满亭凄风吹苦雨，一腔浩气惊寒月。叹遗民、南望岳家军，愁如结。　　沧桑易，奇耻雪；元戎匾，扬英烈[1]。看巍巍殿宇，墓前红叶。白铁无心成死党，青山有幸埋忠骨[2]。听有人、正唱满江红，声声血。

【注】

① 岳庙大殿正门檐间，高悬叶剑英元帅手书"心昭日月"巨匾一方。

② 岳王墓前跪有秦桧死党四人铁像。墓阙后有联云：青山有幸埋忠骨，白铁无辜铸佞臣。

（一九八七年一月二十三日）

蝶恋花·偕二三子西公园游春

一夜春眠不觉晓。残梦依稀，门外人声绕。争说公园春色好，轻红淡绿香飘渺。　　直奔园中寻碧草。几树桃花，对我嫣然笑。采得香魂诗思巧，挥毫草就游春稿。

（一九八七年四月十九日）

金缕曲·月台

镇日情怀苦。念销魂、华容道上，孑然孤旅。应记边城七月里，共踏斜阳信步。霞韵美、香生云树。争诵新词逞才思，任歌声飞上林梢去。乘月色，觅归路。　　一声汽笛千山暮。叹匆匆、洞庭人杳，月台霜聚。心逐轮飞千万里，夜半几番凝伫。理还乱、阴晴意绪。大漠心潮真如沸，倩衡阳雁送相思句：何日唱，归来赋。

（一九八八年二月三日）

风敲竹·雪夜

雪夜灯前看。忆边城、风柔五月，蝶飞莺啭。相约公园留影去，小立凉亭西面。欲摄取、柳明花暗。借句构图托意远，更回眸一笑情无限。布拉吉，粉墙畔。　　今宵人在潇湘岸。听涛声、洞庭湖上，屡惊栖雁。勿恋岳阳楼边景，料峭春寒弥漫。思念久、徒增感叹。欲入睡乡寻旧梦，奈风喧雪扰难如愿。乱更理，理还乱。

（一九八八年二月六日）

八声甘州·莫高窟

　　过茫茫瀚海防三危，热浪拂征衣。看鸣沙山下，宕泉蜿转，陡壁崔嵬。石窟参差如画，溪柳弄晴丝。壁上飞天舞，云起云飞。　　因忆汉唐旧事，听驼铃羌笛，馀韵依稀。叹流光溢彩，千古漠中诗。惜藏经、飘流海外；幸而今、古佛耀新辉。登高望，唱夕阳暖，任好风吹。

　　　　　　　　　　（一九八八年八月十二日）

金缕曲·登鸣沙山访月牙泉

沙山蜿蜒八十里，雄踞敦煌城南。泉处沙中，状如缺月，千年不涸。

　　赤脚寻诗去。看鸣沙、蛇行斗折，浪飞云聚。人道当年征战苦，白骨长埋无数。静夜里、犹闻金鼓。堪笑山腰人影乱，在沙中尽作蹒跚步。沙瀑吼，雷霆怒。　　一弯翠月清如许。绕几多、蒹葭红柳，绿杨榆树。万古长新辉不灭，朗照丝绸之路。珠玉溅、游鱼吞吐。天公欲令游人醉，倩和风吹皱一泉素。馀韵远，月牙赋。

　　　　　　　　　　（一九八八年八月十五日）

浣溪沙·上山下乡二十周年祭（五首）

（一）

慷慨三年成子虚，风风雨雨下乡初。破窑土炕野人居。　　一曲樵歌惊远梦，数声鸟唱起荒芜。隔窗无语看鸡雏。

（二）

锄罢归来何所需，一瓢清水爽肌肤。卧听智斗意宽舒。　　柳下参差渔笛谱，灯前断续圣贤书。无人敢唱出无车。

（三）

僻境断无车马喧，山花如火绕篱边。痴情我欲赋奇篇。　　佳句吟成形影瘦，残编读罢壁灯寒。也无聊赖也悠然。

（四）

请调回城过五关，一时忙煞地方官。数行鉴定一条烟。　　更有公章红似火，若无美酒莫沾边。盖完犹念老三篇。

（五）

山野群氓是我师，异乡来客不相欺。炕头闲话就斜晖。　　垄上助锄凝露草，病中馈送带汤鸡。今生今世惹相思。

（一九八九年二月二十一日）

乳燕飞·天山深处与哈萨克牧民联欢

塞上风光美。望群山、层林掩映，雪峰奇伟。一曲流溪出远岫，溪畔风摇萑苇。露滴处、山花吐蕊。漫步花丛寻野趣，看蜂来蝶往迷香蕾。采薜荔，唱山鬼。　　联欢会上春潮沸。听歌声、飞扬毡帐，惹人心醉。哈族姑娘驰马过，洒落几多妩媚。鹰啸起、天惊云碎。携手踏歌情难已，竟不知树杪残阳坠。暮云紫，塔松翠。

（一九八九年七月二日）

金缕曲·过焦裕禄墓哭焦公

　　落日依山白。对荒碑、几番心碎，几番太息。犹记当年公猝死，恸满江南塞北。暮色里、寒烟如织。人世苍茫公骨冷，剩泡桐绕墓长凝碧。不忍听，旧时笛。　　高风亮节谁能及。叹垂危、犹思兰考，碱滩民宅。堪恨补天人去后，公仆精神顿失。官道上、狐鸣蝇集。群蚁正谋摧砥柱，愿公魂再显回天力。公不语，墓碑湿。

（一九八九年九月四日）

水龙吟·余光中《唐马》诗意

　　沙场百战追风，壮哉西极龙媒马。失群饮恨，披红踏翠，玻璃橱下。长忆当年，大旗金鼓，蹄飞如泻。叹秦时明月，汉家陵阙，今唯剩，寒潮打。　　休说江山如画。正垂天、恶雕堪射。身囚囹圄，魂游关塞，有谁知者。跑马厅中，儿孙竞逐，一时声价。但琵琶旧曲，徒存豪气，奏霜寒夜。

（一九八九年十月七日）

八声甘州·己巳残秋记梦

送一声长啸透青霄，摇落满天星。看扬扬洒洒，明明灭灭，十里流萤。笑逐花明柳暗，云外数峰青。拍岸弦歌响，流水涛声。　　我欲中流击楫，却鸡鸣四野，树杪寒生。剩一弯冷月，无语照归程。听萧萧、惊秋霜叶；更依稀、有鬼哭长亭。伤怀久，怕登楼去，怕见凋零。

（一九八九年十月二十二日）

浣溪沙·庚午新春

又是江南水暖时，竹楼烟雨柳参差。一枝红杏出墙西。　　塞北春寒千里白，隔窗惊梦雪花飞。围炉小试夜光杯。

（一九九〇年一月十日）

水调歌头·秋过汨罗江

一曲汨罗水，无语送烟涛。我来草木摇落，风雨正潇潇。断壁丹枫如火，夹岸寒云困柳，雁唳满江郊。雨歇数峰紫，有鬼唱离骚。　　餐落英，饮朝露，步兰皋。黄钟弃不鸣兮，瓦釜任喧嚣。魂系都门烟雨，九死其犹未悔，千古此风高。听罢咨嗟久，吹裂手中箫。

（一九九〇年一月十二日）

水调歌头·少陵草堂

一览众山小，壮志欲凌云。长安十载心冷，酒肉臭朱门。避乱秦州雪骤，短褐长镵木柄，壁破瓮生尘。三吏与三别，千古也销魂。　　居草堂，怀黎庶，泪沾巾。孤舟浊酒，携将秋色入黄昏。唯有江涛江月，犹记斯人憔悴，夜夜哭江滨。为告忧民者：慎莫作诗人！

（一九九〇年三月一日）

八声甘州·惠远古城怀古

痛当年战火挟风腥，长惹梦魂惊。看伊江西去，烟横旧垒，拍岸潮生。壮士悲歌四起，画角咽危城。云掩江边月，刁斗寒凝。　　犹记林公远戍，对江涛江月，难赋深情。恨平戎万字，赢得一灯青。剩青枫、冲天凝碧；待我来，赋作补天行。沉吟处，觉轻寒起，一片秋声。

（一九九〇年三月一日）

玉楼春·读黄山谷《蚁蝶图》（二首）

（一）

奋飞欲逐寒潮退，误入网罗春梦碎。堪惊六月起霜风，一夜凋伤千里翠。　　白云苍狗须臾事，细雨敲窗人不寐。当垆买酒且长歌，怕听鹃啼花溅泪。

（二）

逢人休说当年事，未挟春归先折翅。梦魂常伴彩云飞，破网犹呼堪一试。　　夜来又觉轻寒起，雨黯西园花满地。我来寻遍傲寒枝，一纸相思和泪寄。

（一九九〇年四月六日至九日）

【附】

黄山谷《蚁蝶图》:"蝴蝶双飞得意,偶然毕命网罗。群蚁争收坠翼,策勋归去南柯。"

乳燕飞·携妻子游园赏春

衣食劳形久。叹年来、居然辜负,岸花溪柳。难得有闲寻旧梦,相伴游园携手。携手处、春风满袖。堪笑小儿浑无赖,问新芽红萼不停口。竟问哑,灌园叟。　　那年相识东篱后。记当时、春衫初试,满园红透。鼓棹扬波清歌发,惹动一池春皱。更采撷、堤边红豆。相对凝眸明月下,愿今生今世长相守。人渐老,春依旧。

（一九九〇年四月十六日）

水调歌头·车过天山

扰我梦魂久,今日喜相逢。连呼快觅诗去,趁此雾朦胧。结伴驱车直上,仄仄平平云径,花放异香浓。崖畔好风细,树杪日初红。　　攀绝壁,过断涧,倚长松。一声清啸,霓霞拥我上冰峰。一览群山尽小,云起云飞如画,万里快哉风。兴发思题壁,笔落气如虹。

（一九九〇年十一月二十日）

浣溪沙·辛未年春塞上作

正月边城气象新，梨花万树雪缤纷。谁家玉笛欲销魂。　　莫道轻寒犹料峭，红梅已绽一枝春。摘香遥寄采莲人。

（一九九一年二月二十九日）

金缕曲·记梦

自觉痴情久。叹平生、悲欢离合，那堪回首。应笑长吟相思句，采遍江南红豆。梦比翼、梦回何有。一段凄凉难细说，但夜深倦把孤灯守。人影瘦，对杯酒。　　而今却喜春归又。满长堤，新芽吐翠，和风拂柳。携手西园踏青去，人醉馨香染袖。看花发、身前身后。踏月归来情未已，更挑灯闲话园中秀。灵鹊噪，曙光透。

（一九九一年四月七日）

浣溪沙·石河子诗词学会成立赋此以寄

心静信能豁远眸，何须煮酒话闲愁。敲诗且自上层楼。　　河汉争辉星烂漫，园林惊梦鸟啁啾。风生云破月如钩。

（一九九一年七月二十一日）

八声甘州·梁祝

正风生云破月窥窗,隔帘动清商。叹水流花谢,临岐执手,芳草斜阳。往事那堪回首,回首断人肠。携手寻诗处,月满西厢。　　岂料霜寒欺柳,看横塘藕折,陌上风狂。恨斯人憔悴,长卧短松冈。哭声悲、天惊石破;蝶双飞、岁岁送春忙。余音远,试推窗望,云海苍茫。

(一九九一年九月三十日)

水调歌头·辛未中秋北湖

北湖秋色美,八月最多情。垂髫黄发持钓,欲钓满湖星。月自东山而上,芦荡清辉尽染,闪闪走流萤。云破桂香拂,湖面好风生。　　轻击楫,连呼酒,意纵横。笙歌袅袅如梦,惹动浪千层。波底一轮沉璧,雁阵横空弄影,万里送秋声。此际吾忘我,心逐月华明。

(一九九一年九月三十日)

金缕曲·瑶池

涵澹一池水。引几多、骚人歌咏，烛前清泪。长忆穆王驱八骏，万里绮窗一会。云路上、犹鸣征辔。一自伤心人去后，听歌哀黄竹惊萑苇。摧薜荔，恸山鬼。　　我来正是花飞季。看池边、虹霓辉映，岫云凝翠。雪压沧浪鱼弄影，波底松涛如沸。天幕碧、鹰摇如醉。我欲凌波寻旧梦，怕满池云破琼瑶碎。谁省悟，此中味。

（一九九二年六月二日）

八声甘州·交河故城怀古

对汉唐重镇拂边风，胆气欲冲霄。记黄昏饮马，冰河夜渡，碛上寻雕。羌笛声声惊梦，梦逐战旗飘。日落孤烟直，月冷蓬蒿。　　应叹沧桑巨变，看残垣断壁，雄峙荒郊。引游人凭吊，万里不辞遥。问云天、斜阳几度；幸而今、大漠涌春潮。连呼酒，上危楼去，泻我诗涛。

（一九九二年六月三日）

八声甘州·七月

叹临岐歧手漠风吹,满目乱云飞。看车鸣轮转,黄尘渐远,倦柳低垂。隐约依窗回首,哀怨上蛾眉。玉笛因风起,魂断桥西。　　因忆小园携手,为寻诗觅韵,踏遍东篱。更临波照影,对月说相思。怅而今、痴情人去;待秋深、红叶倩谁题。荒烟里,听鹃啼苦,独立斜晖。

（一九九二年七月十日）

浣溪沙·寄远（五首）

（一）

一别魂销百事哀,听风听雨近楼台。乱红一夜满庭阶。　　难学庄生迷蝶梦,且凭杯酒慰愁怀。黄昏闭户独徘徊。

（二）

怕见花红怕听鹃,年来无事不相关。心伤久不到西园。　　缥缈浮生真似梦,依稀往事尽如烟。有斜阳处莫凭栏。

(三)

　　小石桥西小路旁，几回携手醉斜阳。归途诗熟句生香。　　树下凝神听细雨，溪头踏月送流光。一番回首一神伤。

(四)

　　一纸书来云路遥，苍茫夜色掩蓬蒿。无边落木正萧萧。　　细雨催寒斜入梦，惊风掠瓦乱如潮。最难将息是今宵。

(五)

　　又是晨光初露时，月牙犹挂最高枝。落红满地蝶先知。　　香径穿林人迹杳，清风拂面鸟声痴。有人影瘦为相思。

　　　　　　　　　（一九九二年七月十二日）

满江红·柯柯牙林海

柯柯牙林海位于龟兹故地白水城东，原为当地政府筹划之绿化工程，计划造林二十万亩，现已成为龟兹著名风景区。

走马龟兹，看不尽、无边春色。天尽处、绿云汹涌，万枝凝碧。喜听春风吹白水，静观沧海燃红日。凭栏望、满目郁苍苍，春潮急。　　甘露滴，嫣红湿。烟柳瘦，梨花白。更流莺婉转，屡窥行客。寄语江南风雅子，且来一试生花笔。阳关外、同赋乱云飞，涛千尺。

（一九九二年九月十八日）

浣溪沙（二首）

（一）

浊酒芸窗细细斟，轻寒漠漠夜深沉。谁家流水抚瑶琴。　　草际蛩鸣秋瑟瑟，西厢雁过雨霖霖。一池梦碎费追寻。

(二)

　　长伴孤灯诵楚辞，清寒未悔作书痴。围炉煮酒夜题诗。　　梦逐江潮喧旧垒，魂随雁阵绕秋池。登楼欲赋最高枝。

（一九九二年十二月二十七日至二十八日）

金缕曲·读霍松林先生唐音阁歌行

　　一寸心如铁。记当年、黄流乱注，地维初绝。小试锋芒腾五彩，腕底惊湍碧血。听万里、旌旗猎猎。堪笑大和魂不保，竟一朝枯萎飘残叶①。诗百首，补天裂。　　神州高挂团圞月。叹宝刀、英雄不老，满头飞雪。欲以鸿篇凌百代，对酒高歌击节②。看起舞、中流鼓楫。万丈龙光冲牛斗，向长天吞吐皆虹霓。雨后笋，正蓬勃。

【注】
① 《卢沟桥战歌》："竟使强虏心胆裂，一夕丢尽大和魂。"
② 《长安诗词学会成立放歌》："时代风云越汉唐，应有鸿篇凌百代。"

（一九九二年十二月二十七日）

金缕曲·读刘征老师《霁月集》

明月几时有？捧兹编、月来云破，满天星斗。垂老得偿青春愿，摘取江南红豆。更咀嚼、渔歌菱藕。莫道江南山水软，听川江号子惊天吼。绝壁上，峡江口。　　霜寒北国催诗瘦。看长河、波摇落日，万山红透。刘子笔端燃五彩，抹出云烟如绣。且又把、铜琶高奏。铁马萧萧关塞紫，叹古风新韵浓于酒。香馥郁，染吟袖。

（一九九二年十二月二十九日）

水龙吟·过孔子墓

飒然一片秋声，我来但见无边草。霜风凄紧，烟寒苔碧，满园枯槁。砌上蛩鸣，秋根萤滴，枝头鸦老。又一声雁过，天高地迥，兴亡事，知多少？　　欲挽狂澜既倒。理残编、黄昏清晓。无力回天，青灯琴瑟，梦魂飘渺。两袖清风，一怀离索，万年师表。对荒烟落木，我来吊古，祭招魂稿。

（一九九三年一月二日）

水龙吟·谒孔庙

满庭翠柏森森，名师风范垂千古。删诗正史，抚琴读易，耘香兰圃。我欲仁兮，斯仁至矣，一编论语。看风生沂水，杏坛花乱，大成殿，辉齐鲁。　　谁记当年羁旅？驾牛车、斜阳野渡。道之不存，斯入憔悴，天倾难补。落魄生前，虚荣身后，问君知否？恨招魂不返，凭栏太息，听潇潇雨。

（一九九三年一月十五日）

金缕曲·过龟兹

名满丝绸路。记当年、龟兹歌吹，竞传东土。月冷浔阳秋瑟瑟，一曲琵琶新谱。妃子笑、骊宫羯鼓。云湿箜篌鹃啼血，更天惊石破飞秋雨。太白醉，掷杯舞。　　我来欲觅苍凉句。正堤旁、寒泉泻玉，鸟鸣烟树。露滴葡萄风送爽，垄上棉铃吐絮。看雁落、芦花深处。山郭水村牛羊下，听歌声飞上林梢去。梦击节，唱金缕。

（一九九三年三月十二日）

浣溪沙·阿克苏诗词学会成立喜赋

好雨催春绿染枝,兴来落笔即生辉。诗涛一夜卷龟兹。　　塞北云飞争试马,南疆鼓震看扬旗。仰天长啸吐虹霓。

（一九九三年四月九日）

水调歌头·多浪河梨花

花事南疆早,梨树最先知。早春二月多浪,破晓卷云霓。远望惊涛如雪,近看烟霞灿烂,万朵压枝低。起舞弄清影,为有好风吹。　　我本是,风流子,探春迷。闲来兴发,骑驴携酒过龟兹。堪笑春风塞北,水色花光相映,沉醉一诗痴。笔底春潮涌,斜草看花词。

（一九九三年四月十五日）

水龙吟·游沂水登舞雩坛

少年曾羡曾生，风乎舞雩当春暮。驱车载酒，我来沂水，漫天飞絮。柳上青摇，波心鱼乐，落霞孤鹜。又一声笛唱，二三童子，骑牛过，浓荫去。　　舞雩坛边信步。看斜阳、渐沉高阜。荡胸风来，枝头鹊噪，远山云护。恍惚伊人，铿然舍瑟，牵衣索句。笑归途醉矣，凤歌断续，绕朦胧树。

（一九九三年四月十七日）

金缕曲·墨竹

何事凉生屋？听萧萧、摇风壁上，一丛修竹。墨海波翻惊湍泻，满纸流云飞瀑。料写自、潇湘巴蜀。日暮溪喧归浣女，又瑶琴远送春光曲。频拂梦，一枝绿。　　斯人好道心诚笃。借丹青、浮槎收取，落霞孤鹜。造化阴阳钟神秀，笔下风生云逐。倚绝壁、苍藤古木。对竹陡生湖海气，觉诗涛欲卷天西北。夜不寐，更燃烛。

（一九九三年四月二十一日）

满江红·龟兹中秋

癸酉中秋，阿克苏诗词学会雅集龟兹故地多浪公园云湖，因填是阕，以助其兴。

踏遍江南，曾买醉、五湖秋色。今又对、碛中波底，一轮寒碧。隔岸生香花弄影，游鱼吹浪烟如织。天幕上、云雁一声秋，兼葭白。　　清弦响，胡旋急。歌袅袅，馀音湿。况连声呼酒，卧听横笛。揽月更敲诗百首，临风一唱涛千尺。清狂处、尽插满头花，过桥石。

（一九九三年九月十七日）

水龙吟·新疆诗词学会五周年试笔

吟坛几度斜晖，问谁真是回澜手。昆仑耸翠，高擎一帜，四方仰首。并蓄兼收，春江鱼跃，碛中雷吼。听大声镗鞳，小声浏亮，异香远，浓于酒。　　休说郊寒岛瘦。正垂天、马蹄声骤。少年意气，虹霓吞吐，风神灵秀。老马嘶风，夕阳如火，吴钩依旧。看珍奇五色，流光溢彩，出凌云袖。

（一九九三年九月二十一日）

浣溪沙·读《怨箫楼词稿》（五首）

　　陈孝玲女士为龟兹故地阿克苏师范学校青年教师，雅好倚声，词风婉丽，斋名怨箫楼。癸酉甲戌间余远游龟兹，得与陈怨箫相识于多浪河畔，每诵其词，辄为击节而不能自已也，因仿其体以记之云。

（一）

　　一曲愁凝碧玉箫，夜阑倚枕听秋潮。轻寒漠漠雨潇潇。　　红叶新题更漏子，素笺远寄踏莎谣。相思催梦过虹桥。

（二）

　　摘取东风第一枝，小园又是燕归时。暗将惆怅入新词。　　烛影摇红明熠熠，天涯芳草碧离离。静看花落化春泥。

（三）

　　秋月春花惹恨长，从来才命两相妨。伊人宛在水中央。　　梦蝶魂归青玉案，断鸿影度买陂塘。漫天飞絮正茫茫。

（四）

淡泊平和妙趣生，心胸难得是空明。也无风雨也无晴。　　独上高楼听鸟唱，偶然到耳两三声。流霞如火好风轻。

（五）

盥诵清词何快哉，灵台澄澈绝尘埃。一灯如豆映寒斋。　　漱玉泉边歌婉转，怨箫楼上月徘徊。西厢花影送诗来。

（一九九四年十月十五日至十八日）

金缕曲·留别塞上诸诗友

水击三千里。负青天、蓦然回首，莽苍而已。三十年前初出塞，小试扶摇双翅。问几度、云飞云起。直上冰峰观沧海，竟轰然醉倒青云里。题断壁，写豪气。　　老来忽动图南意。羡滇池、苍山洱海，四时凝翠。摘取南天春烂漫，海角天涯频寄。长梦绕、西游故地。临别何须挥浊泪，笑阴晴圆缺寻常事。将进酒，拼一醉。

（一九九四年十一月一日）

沁园春·奉和刘征老师同调圆明园断瓦韵

刘子云：瓦面釉痕酷似美人半面之形。

未雨何龙？不霁何虹，气象万千。正春莺声里，歌台响暖；秋风起处，舞袖飘寒。竹弄清音，花凝湛露，山色湖光画也难。惊回首，叹强虏一炬，百载荒烟。　　偶寻残梦花间。且拂却苔伤听佩环。记明星灼灼，晓开妆镜；绿云扰扰，夜理琴弦。如此江山，可怜焦土，忍对蛾眉一泫然。伤怀久，更凭栏挥洒，笔底狂澜。

（一九九六年九月六日）

附：刘子原玉

夕照残墙，墙脚拾来，断瓦草间。想宫娥挥泪，应惊梦雨；震霆飞熛，遽碎霜鸳。一炬烧天，百年焦土，坠地而今灼未寒。休拂拭，留土花斑驳，记取尘烟。　　蛾眉欲画应难。怅雨雨风风负玉颜。甚名园秋好，暖风熏醉；繁忧郁悒，仍上眉尖？梦里荒云，金销劲骨，记否鲸波曾覆船？瞿然释，胜千金拱璧，一片河山。

（一九九五年夏改定）

八声甘州·两江楼

丙子暮秋偕淑萍姐斗全兄登重庆两江楼。凭栏纵目，长江嘉陵江蜿蜒眼底，而吾与淑萍姐古渝一别，迄今已整十年矣。

借扶摇拍翅上重霄，呼酒踏清秋。对无边落木，十年旧梦，风雨飕飕。不忍新翻杨柳，无语且凝眸。日暮寒山远，云水悠悠。　　指点虹桥野渡，怅双江远逝，帆舞离舟。又长风吹雁，万里送轻愁。叹平生、江南江北；渐酒边、白了少年头。秋无际，正江潮涌，日压危楼。

（一九九六年十月二十六日）

金缕曲·香港回归前夕作

往事那堪说。恨鲸鲵、云腥波诡，巧侵豪夺。鸦片东来关塞黑，毁我南疆风月。惜洒尽、英雄热血。米字长靴倭寇马，马蹄边多少炎黄骨。云水怒，版图缺。　　百年奇耻一朝雪。挽强弓、屠龙射虎，志坚如铁。袖里珍奇初试手，立补南溟天裂。帝国梦、风中泡沫。两制并存成一统，看紫荆花艳波澜阔。歌不足，泪盈睫。

（一九九六年十二月十七日）

八声甘州·登滇池大观楼

　　看滇池百里水涵空，浩荡一帆风。正凌虚把酒，云涛扑面，天际归鸿。满目萍天苇地，云外一声钟。帘卷西山雨，山影朦胧。　　因忆汉唐旧事，叹寒潮滚滚，淘尽英雄。对残碑断碣，拂拭认遗踪。剩几星、烟汀渔火；更数竿、苦竹倚疏桐。凭栏处，渐云天霁，落日摇红。

　　　　　　　　　　（一九九七年九月二十八日）

金缕曲·谒孙髯翁墓

　　孙髯翁祖籍三秦，流落滇中，生前曾撰大观楼长联一百八十字，名满天下。身后萧条，其墓在滇南弥勒县髯翁公园内。

　　高卧丛篁里。叹斯人、生前踏遍，暮云朝雨。泾渭寒涛滇池月，长夜都来梦底。曾写进、云笺茧纸。兴尽恬然酣睡去，任莺歌雁唳呼不起。歌未绝，散成绮。　　长联百字惊神鬼。伴危楼、流光溢彩，气吞千里。九夏芙蓉三月柳，满目烟波翠苇。看不尽、残碑旧垒。秦汉楼船唐宋铁，尽一时化作苍凉水。回首望，夕阳美。

　　　　　　　　　　（一九九七年九月二十九日）

西双版纳词草（八首）

虞美人·澜沧江

澜沧江畔春不老，四季莺歌绕。沿江烟树绿如油，万绿丛中时见傣家楼。　　筒裙窄袖秋千架，风韵真如画。黄金水道远蜚声，直送花光云影入南溟。

玉楼春·傣家竹楼

小池如镜鱼相逐，花木绕楼烟霭绿。竹梢风软佩环鸣，花下情浓歌断续。　　竹筒炊米香飘屋，糯米香茶馀味足。灵台澄澈一身轻，且趁酒阑歌一曲。

蝶恋花·赶街

七彩裙裾歌婉转。卜哨[①]相呼，争趁晨风软。肩上竹箩行款款，斜撑朵朵遮阳伞。　　版纳春光惊独占。人面桃花，风拂花枝乱。一抹斜晖杨柳岸，桨声钦乃人归晚。

【注】
① 卜哨，傣家语，少女。

临江仙·傣寨夜色

篱畔芭蕉凝绿，枝头落日摇红。小桥流水树重重。烟轻归鸟疾，花重异香浓。　　象脚舞随长鼓，铓锣声漾和风。听歌击节醉朦胧。垆边人似月，云外月如弓。

鹧鸪天·热带雨林

古木苍藤气势雄，林涛滚滚欲摩空。千年铁树生新碧，万岁龙根凝冷红。　　栖彩凤，舞长虹，树冠长啸八方风。踏歌归晚须眉绿，夜夜狂潮入梦中。

一剪梅·红豆

此恨绵绵无绝期。走马南疆，采撷遗诗。风前灼灼韵参差，结满高枝，缀满低枝。　　渐起幽愁鱼雁知。此物情深，易惹相思。人生最苦为情痴，怕对朝晖，懒对斜晖。

菩萨蛮·泼水节

傣家鼓棹烟波里，傣家水是祥和水。滴滴染衣香，傣家情意长。　　伴君行万里，海内存知己。月涌彩云飞，高歌骑梦归。

渔家傲·孔雀舞

孔雀屏开春色里，山花烂漫烟云紫。趁拍腰身柔似水。流霞坠，回眸一笑春光媚。　　款款凌波轻展翅，飘飘直欲因风起。满座掌声江海沸。蓝天丽，江南游子身心醉。

（一九九八年三月五日至六日）

滇南词草（十二首）

玉楼春·听风楼

楼在南湖之滨。抗战期间，西南联大部分女学生寄宿于此。

画檐犹挂当时月，曾照壮怀坚似铁。谁知婀娜女婵娟，皆是挑灯看剑杰。　　拼将腾沸一腔血，补就金瓯千里缺。登楼遥望夕阳红，往事浩茫云海阔。

浣溪沙·南湖

湖在蒙自古城城南，辟于明。后经四百馀年扩建，终获滇南明珠之美誉。湖周七里。湖心有闻一多纪念亭。

云影天光共一湖，三春风软鸟相呼。汀花如火雨如酥。　　波底鱼吹千顷浪，霞边雁篆数行书。闻公亭上月轮孤。

虞美人·桃花山

山在蒙自城东南。春来花发，万树桃红，游人如潮。

谁裁云锦来霄汉，化作花枝乱。其华灼灼满枝梢，四野云飞云起涌如潮。　　人流十里歌漫路，都说看花去。探春直上白云中，笑指桃花人面夕阳红。

临江仙·闻一多纪念亭

亭在南湖芳洲之上。冰心题匾"斯人宛在。"闻公《红烛》诗："请将你的脂膏不息地流向人间。"。

亭外繁花燃梦，中天冷月生辉。斯人宛在水之湄。断无奸佞过，为有好风吹。　　难忘如磐风雨，一腔血染缁衣。曙光初露惹深悲。千秋流烛泪，万代仰丰碑。

渔家傲·万亩石榴园

蒙自甜石榴名传遐迩。城南石榴万亩，春夏花发，如火如荼。

深入榴园吾忘我，浓荫滴翠烟云裹。枝上花燃千万朵。微风过，骤然掀动燎原火。　　把酒临风花下坐，枝头时有飞花堕。巧笑红裙飘婀娜。歌远播，这边唱了那边和。

鹧鸪天·异龙湖

湖在石屏县城之东。岸九曲,周七十里,景色宜人。

占取滇南春色多,泥融沙暖柳婆娑。云天倒影鱼吞月,渔唱摇帆玉泻荷。　携美酒,泛沧波,微风拂面燕穿梭。才疏愧对平湖色,聊以清词答浩歌。

破阵子·碧色寨

碧色寨为昆河铁路小站。蔡锷将军曾此遇刺,替身副官死焉。

十载洪炉铸剑,一腔豪气凌云。血溅霞光凝夜紫,魂绕南枝恋旧根。关山万里春。　蛱蝶穿花寻梦,无边月色如银。昔日悲歌犹在耳,断壁空余旧弹痕。谁招月夜魂?

蝶恋花·燕子洞

燕子洞位于建水古城之东,群山环抱,洞深十里,栖燕百万。洞壁钟乳千姿百态,妙趣横生;洞底暗河汹涌,涵澹澎湃,如吴楚之编钟云。

十里寒涛频拍岸,大吕黄钟,滚滚扑人面。洞壁乌衣栖百万,轰然而出云天暗。　瑶草琪花争烂漫,虎踞龙蟠,倒插英雄剑。游罢身心轻似燕,挑灯狂草溪山恋。

鹧鸪天·梨花沟

新安所距蒙自城南十里，明清时为屯兵重镇。一水绕镇而过，注入南湖。夹岸梨花万树，灿若云锦，微风过处，花飞如雪，故人称此水为梨花沟云。

夹岸缤纷万树花，天章云锦美如霞。微风过处花飘雪，明月来时浪拍沙。　　花弄影，水浮花，落花流水向天涯。我来摘得枝头句，十里香飞百姓家。

附记：惜乎当今流水渐涸，花木稀疏，昔日之旖旎，已不可复睹也矣。悲夫！

浣溪沙·戊寅仲春偕二三子东郊探花

绿染芳郊花满枝，烟霞烂漫拂春衣。烟中时有乳莺啼。　　勿忘我摇情脉脉，情人草伴蝶飞飞。簪花人唱彩云归。

蝶恋花·情人草

情系江乡一片土。一曲清流，一霎霏霏雨。枝上繁花都几许，为谁弄影中宵舞。　　夜雨孤灯须记取。秋月春风，难解相思苦。独立苍茫花不语，斜晖脉脉愁千缕。

临江仙·勿忘我

梦绕八方风雨，根连一片冰心。轻阴漠漠雨霖霖。枝头无俗韵，叶上有清音。　　有限春光易老，无边思忆难禁。花前月下费长吟。一声勿忘我，万里水云深。

（一九九八年三月九日至二十六日）

风入松·观妻子放风筝

儿歌小曲闹春光，花醒鸟梳妆。纸鸢展翅随风起，渐飘过、绿树红墙。人醉先由心醉，线长难比情长。　　天高地远任飞扬，云海正苍茫。静观妻子陶然乐，全忘却、鬓上星霜。暮色催人归去，远山淡抹斜阳。

（一九九八年三月十八日）

虞美人（二首）

（一）

秋潮倚枕闲来听，万里风烟净。寒斋独酌玉杯深，怕对镜中双鬓雪霜侵。　　风流总被风吹去，梦断阳关路。春来花发莫登楼，楼外相思如火满枝头。

（二）

霜风又折离离草，此恨何时了。少年深悔为情痴，谁料而今痴胜少年时。　　阴晴圆缺原无准，天意何须问。且凭杯酒慰凄凉，静看寒鸦三五入斜阳。

（一九九八年十月至十一月）

浣溪沙（三首）

（一）

逝者如斯去不还，十年一梦酿辛酸。迷离往事未全删。　　精卫焉能填恨海，女娲无力补情天。潇湘月冷竹娟娟。

(二)

　　信手一挥一泫然，为谁夜半理琴弦。如烟往事不堪弹。　　好梦难寻芳草地，良辰易失碧云天。催花莺语正间关。

(三)

　　怕听山前鹈鴂声，几番推枕步闲庭。仰观天幕过流星。　　玉露沾衣挥不去，幽愁侵梦恨难平。剪灯惜取一时明。

（一九九八年十一月一日至五日）

鹧鸪天（三首）

(一)

　　望断秋云又几重，水流花落太匆匆。西厢蝶影频侵梦，蜀道鹃声总溅红。　　鱼雁杳，小楼空，朝来疏雨晚来风。倚栏却忆阳关路，尽在荒烟落照中。

（二）

残梦依稀假亦真，须臾苍狗化浮云。天涯已失桃花扇，箧底犹藏连理裙。　　孤月冷，客愁新，潇湘遗稿挑灯焚。寒江呜咽波千叠，难浣征衫旧酒痕。

（三）

客至羞言汗漫游，枝头病翼早惊秋。青丝都为伊人白，浊泪未因旧梦休。　　篱菊绽，岫云浮，闲来且上最高楼。眼前有句人先得：花自飘零水自流。

（一九九八年十月至十一月）

临江仙（二首）

（一）

帘外霜风凄紧，一弯冷月相侵。年来心事总难禁。爱深翻作恨，情重最伤心。　　怕对花开花落，当时幽梦难寻。近黄昏处莫登临。灵台涛似雪，更比海波深。

（二）

陌上霜风摧绿，阶前梧叶飘黄。梦回虚幌透凄凉。新词三两阕，斜草两三行。　　谁道浇愁须酒，相思今夜何长。月华如水水沧浪。更残人不寐，卧听雨敲窗。

（一九九八年十月至十一月）

水调歌头·过洞庭湖登岳阳楼

日月出其里，万里气吞吴。长天秋水一色，托我片帆孤。直上层楼高处，觅取先贤遗梦，歌哭且唏嘘。浪打瘦蛟舞，云涌鸟相呼。　　少陵诗，范公记，尽愁予。对花溅泪，书生无用老江湖。黎庶城乡贫困，硕鼠官仓肥死，天网漏而疏。凭槛浑无语，泪眼渐模糊。

（二〇〇〇年九月九日）

金缕曲·三峡屈原祠

断壁长虹挂。正清秋、流云西卷，大江东下。万树霞红秋无际，满目江山如画。帆影送、竹枝潇洒。琴瑟悠扬山鬼过，尽云为广带风为马。流韵远，漫山野。　　黄钟毁弃雷鸣瓦。问离骚、冰心一片，有谁知者？坠露落英清而婉，堪恨曲高和寡。虽九死、痴情难罢。我草汨罗招魂稿，听高江急峡风雷咤。天柱析，怒潮打。

（二〇〇〇年九月十一日）

八声甘州·访东坡赤壁

趁长风万里踏清秋，呼酒上危崖。看大江东去，千帆竞发，海日西来。太息一时瑜亮，火卷北魂哀。烟灭灰飞处，折戟长埋。　　因忆苏髯风韵，对茫然万顷，渺渺予怀。更凌虚高蹈，一啸楚天开。听铜琶、涛惊霜雪；访残碑、拂拭旧尘埃。归来晚，酌溶溶月，涤我灵台。

（二〇〇〇年九月十一日）

金缕曲·重登黄鹤楼

更上层楼去。倚危栏、云横九派，浪摇吴楚。黄鹤白云过无影，但剩迷离烟树。不忍问、登临意绪。柔橹如歌云帆远，听秋声呜咽生南浦。沉夕照，起孤鹜。　　江潮澎湃催金鼓。忆当年、中流击楫，浩歌起舞。万丈豪情燃似火，走笔虹霓吞吐。休道是、霜销媚妩。斫取潇湘清瘦竹，且持之闲钓今和古。托旅雁，寄金缕。

（二〇〇〇年九月二十六日）

金缕曲·《中华诗词》十周年试笔

大纛凌霄拂。共宏扬、炎黄风雅，楚骚馀烈。十载耕耘春满苑，破土诗魂拔节。任坎坷、中心如铁。夺目千红兼万紫，看大江东去涛飞雪。高格调，重开掘。　　青枝老干花争发。听悠悠、新翻杨柳，绾云追月。更上层楼抬望眼，日照长河如血。笑千古、风流人物：诗路仄平平仄仄，问那如当代云天阔。鹏正举，浪千叠！

（二〇〇四年五月二十二日）

说剑楼歌行

听鸟歌

老来忽动儿时趣,携妻西园听鸟去。清晨薄雾掩湖波,鸟笼高挂湖边树。笼中争鸣画眉鸟,细爪金翅玲珑小。引颈扬眉一声歌,红霞飘飘生树杪。高山流水绕枝丫,须臾啼放满树花。红蕾沉醉新芽吐,馀韵悠悠垂柳斜。凝眸静听鸟啁啾,无端惹动故园愁。巴山春来千里翠,百鸟迎春唱枝头。鸟声伴我去锄草,鸟声伴我去放牛。我踏鸟歌念书去,我踏鸟歌弄轻舟。大旱之秋我遭难,挥泪远离儿时伴。塞北久违画眉歌,梦中时闻声声唤。夜深独对窗前月,春去秋来鬓如雪。春风拂动故园心,化作藤萝千千结。今来又闻画眉声,神旺顿觉一身轻。却看妻子痴如醉,鬓边白发一时青。日高随妻回家走,犹自一步一回首。忽闻妻发叹息声,声声令我沉思久:"画眉本是林中物,捕来笼中受委屈。何当一怒破樊笼,还它一身自由骨?"我闻妻言暗生悲,渐觉园中冷气吹。侧耳更听鸟啼处,一声入耳一蹙眉。噫吁嚱!君不见自由原本属天性,鸟入樊笼岂堪听?君不见都市园林病梅多,世人皆以邪为正!

(一九九〇年四月二十日)

看花歌

　　今春塞上春来早，三月已露溪边草。西园早放干枝梅，红红白白香缥缈。携妇将雏看花去，花在西园最深处。曲径通幽未见花，已觉花香浮满路。照眼忽见两三枝，枝头一抹红霞飞。临风一笑生百媚，红雨悠悠坠清池。园东石上泉声咽，临流照影花如雪。对花陡觉寒气生，霎时驱散途中热。枝头寻梦蝶成双，翩翩采得一缕香。怕惹邻枝蜂生妒，匆匆相伴过短墙。妻入西园步履轻，鬓边斜插一叶青。手抚花枝寻香影，惊破红蕾脆有声。看妻赏花思忆久，当年相识花枝后。数行小诗吐情真：今生今世长相守。花开花落几经春，花前老却赏花人。往事真不堪回首，一番回首一销魂。乘兴携妻上东皋，眼底缤纷花如潮。呼妻快取葡萄酒，我欲借酒壮诗涛。诗涛汹涌情无限，不恨情长恨纸短。写罢掷笔仰天歌，不觉日沉天色晚。归途踉跄人欲醉，胸前忽落看花泪。此情唯有吾妻知，他人哪晓其中味！呜呼！君不见年年岁岁梅花开，千树万树绣成堆。但愿花好人长久，年年岁岁看花来。

（一九九〇年四月二十五日）

补天歌

不周山下共工怒，垂死撞折天之柱。天倾星月西北移，地陷百川东南注。垂天频传破裂声，金蛇狂舞挟风腥。轰然天裂三千丈，银河倒泻卷雷霆。平地惊风吹海立，丘峦崩摧寒云湿。日陷狂澜月无光，黄流滚滚鱼龙泣。遥看黄流破堤岸，九州生灵尽涂炭。茅屋飘摇入波涛，树杪尸浮牛马烂。老弱霜飞犹赤足，少壮求生栖高木。更无一粟救饥寒，凄风夜夜吹鬼哭。涛声惊梦女娲醒，寒潮澎湃摇山岭。登高触目尽烟涛，频频扑面西风冷。山川万里失芳菲，看罢黯然不忍归。日暮但闻鸦啼苦，不由泪洒薜荔衣。忆昔开天辟地时，夫妻形影不分离。同驱浊雾归天宇，共引乱流入清池。兴来乘鸾过山隈，深红浅绿处处栽。黄泥雕作百夫特，青泥塑为女群钗。更裁云霞成百鸟，歌喉婉转夸奇巧。清晨争唱旭日升，日落齐歌花月好。花好月圆四海春，五谷丰登民风淳。盛世不闻夜吠犬，欢声笑语满江村。鼙鼓骤起不周山，震耳欲聋杀声喧。共工兴兵扰天下，石走沙飞日色寒。夫妻仰天一声啸，挺身欲挽狂澜倒。并肩破敌快如风，长剑铿然争出鞘。共工挥刀不示弱，人面蛇身狰狞恶。拼死搏战春复冬，群魔流血满沟壑。一声浩叹暮云紫,夫君力竭阵前死。抚妻无语泪如倾,缓缓跌倒尘埃里。女娲肠断不胜悲,切齿争锋剑如飞。剑劈共工蛇腰断,女娲昏死仆山陂。醒来忽见西天裂,天柱折兮地维绝。黎庶仓皇避惊涛,女娲心碎愁如结。赤脚匆匆奔绝壁,徒手采集五色石。采石浑忘晨与昏,血染群峰化为碧。三月垒石上青霄,又采枯木到山腰。炼取顽石八百万,烈火熊熊照天烧。长风劲吹烟雾浓,炼火升腾天地红。暖透山林寒气散,补天志壮气如虹。百日辛劳未进食,炼就珍奇光五色。女娲举手理鬓云,身如枯草十指黑。功成顿觉精神抖,托石补天显身手。奇石生辉狂潮退,从此青天无裂口。阴风净扫天地新,云中陨落补天人。花间长眠梦里笑,梦寻夫君上昆仑。清风桂棹木兰舟,夹岸花红鸟啁啾。携手踏歌寻旧梦,因风直下洞庭秋。凭栏却话当年事,思绪悠悠生双翅。话到补天意兴飞,拍案犹呼堪一试。岁岁清明飞细雨,女娲遗事传千古。乐师度曲入歌吹,骚人走笔成金缕。呜呼!君不见当年补天有女娲,如今天裂靠谁补?

(一九九〇年四月二十七日)

醉酒歌

西楼昨夜呼进酒，水晶杯碎三更后。酒醒落日染窗纱，对镜暗惊容颜瘦。年来百病苦缠身，悲罢残秋更伤春。闲愁无端欺白发，惊风夜夜扰诗魂。当年携手觅新诗，访遍西园傲寒枝。春来争赋花间句，红裙如火映清池。春来秋去诗盈箧，自选自编自剪贴。扉页绘作蝶双飞，封面题名双飞蝶。诗旁更贴当时照，喜怒悲哀因诗草。一叶惊秋先蹙眉，偶得巧思嫣然笑。别有深情唯我知，注目寒枝有所思：寒风凛冽春岂远，花落自有花开时。堪惊夏日严霜坠，一夜凋伤千里翠。伊人含恨逐逝波，但剩诗中数行泪。挑灯夜夜理诗稿，字迹秀逸蝇头小。读到游园不胜悲，灯前叹息知多少。光阴应恨去如流，弹指新愁成旧愁。挥毫难写相思字，携酒踏月上西楼。登楼更觉心潮沸，月华如水人不寐。一片浓愁借酒浇，痛饮狂歌期一醉。醉忘生死心成灰，长啸拍碎手中杯。酒边朦胧和衣卧，伊人翩翩入梦来。为道别来思忆久，诵诗依然不停口。嘱我慎莫失诗心，天有裂痕勿袖手。临行仰天歌一曲，歌罢回眸泪满目。广袖飘摇随风起，西楼生辉香馥馥。梦回忙寻梦中影，推窗但见斜阳冷。危栏烟柳正依依，一抹残红镀前岭。世事转眼即成空，垂天无语月如弓。夜深我自伤怀久，凭栏愁对两袖风。吁嗟乎！君不见自古骚人壮怀多激烈，临危俱能成仁取义守其节。君不见天下兴亡何曾重诗骚，书生报国徒有对酒高歌一腔血！

（一九九〇年六月三日）

听闵惠芬胡琴独奏赛马行

狂潮澎湃雨拍瓦，惊天一片蹄花泻。风云骤起敕勒川，阴山脚下看赛马。骐骥骅骝争驰逐，黄尘滚滚迷山谷。春光万里花如潮，花衬马蹄香馥馥。马铃丁当彩云飞，眼前忽见姑娘追。马蹄轻敲五彩路，红裙如火暖风吹。弦上黄莺语，恩怨相尔汝。浅滩春水柔，枝头新芽吐。归途惜别流溪畔，扬鞭洒落歌一串。歌逐蹄花入斜阳，满天云霞红烂漫。曲终幕落我如醉，香茶入口不知味。离座顿觉一身轻，梦中犹闻马蹄声。馀韵远，古风淳，一曲赛马气象新。君不见年年春江花月夜，人人争说闵惠芬。

（一九九〇年七月二十八日）

横越天山行

　　庚午岁六月既望，余偕二三子拂晓驱车由天山北麓石油城独山子南行，旋抵山脚，遂沿盘山公路迤逦而上，午后始得穿越极顶隧道哈希勒根，随即蛇行而下。比至南麓重镇那拉提，已是日之夕矣。夜宿旅驿，巩乃斯河涛声扰梦，因披衣而起，挑灯草成是章，凡四百二十八言，命曰横越天山行。

　　诗中梦里屡相逢，今我来思日初红。唐人歌吟掀天涌，化作横空山万重。结伴驱车寻诗去，平平仄仄盘山路。流云故故拂车帷，虹霓辉映崖边树。抬头时见峰巅雪，盛夏未觉途中热。一道飞瀑落前川，风雷乍起山欲裂。山欲裂，浪花飞，山风送爽壁上吹。啼鸟争唱三平调，山花含笑弄芳菲。千回百折到山腰，停车但见花如潮。云蒸霞蔚迷山石，花气升腾欲冲霄。山陂巨松皆百丈，枝叶峥嵘凌云上。抚松昂首一声呼，千岩万壑生豪放。小憩登车客心惊，一步一番险象生。陡壁云径瘦如线，饥鹰屡窥车窗鸣。车右崖悬临空谷，老树枯藤蛇屈曲。车轮紧贴崖边行，满车敛气忧失足。车左怪石纷欲下，熊虎磨牙惊湍泻。天旋地转风萧萧，汗出淋漓湿手帕。抚膺听气喘，心寒觉腿软。一发系千钧，问谁敢眨眼！穿云破雾临极顶，隔窗顿觉霜风猛。断壁寒凝百丈冰，冰雪满山日色冷。极顶风光何壮哉，万紫千红傍雪开。我欲题壁写豪气，冷香滚滚入诗来。纵目云天千万里，群山奔涌惊涛起。狂潮澎湃乱云飞，此身已在青云里。下山车轻风雷激,须臾直下三千尺。回首日暮万山红,残霞斜挂擎天石。哟嗬嗬!君不见自古男儿志在四海意纵横,喑呜叱咤挟雷霆。君不见吾今一日横越天山八百里,挑灯夜草天山行!

(一九九〇年八月十七日)

惠远古城放歌

惠远古城雄踞西北边陲伊犁河北岸,创建于乾隆二十八年(1763)平息准噶尔部叛乱之后,历为伊犁将军府所在地,同治九年(1870)因沙俄入侵而毁于战火,昔日繁华,荡然无存。道光二十一年(1841)林公少穆因禁烟远戍惠远,虽近暮年而犹以国事为忧。闲来行吟,今传有"格登山色伊江水,回首依依勒马看"之句。庚午岁夏秋之交,余偕二三子驱车寻访林公行吟处,往事如烟,迄今已整整一百五十年矣。

君不见林公笔下边关美,格登山色伊江水。君不见惠远古城号角壮江声,羽书一夜传千里。我来吊古立芳洲,遥岑远目思悠悠。欲问林公饮马处,暮色沉沉一江秋。烽烟当年卷沙碛,平叛刀枪映日白。画角凝寒彻夜吹,马蹄翻飞掀霹雳。天兵怒气冲霄汉,逆酋授首伊江畔。九城环卫镇西陲,虎帐貔貅轻百战。壮哉伊犁将军府,佩玉鸣鸾听歌舞。市井商贾聚如云,行人挥汗即成雨。更有诗酒助风流,迁人骚客尽西游。酒酣笔落龙蛇走，天惊雨乱湿边愁。此地林公曾驻马，闲来行吟夕阳下。长忆豪气满东南，烟灭灰飞虎门夜。难测天涯芳草路，唱彻阳关断肠句。蚊虻谁令负山多？精卫岂知填海误！身危犹自忧天倾，边声屡扰魂梦惊。俄人终为中国患，黑云压境挟风腥。铁蹄踏破伊江水，百年重镇一时毁。残垣野鬼夜相呼，白骨森森横旧垒。何处更寻钟鼓楼，黯然无语大江流。啼鸟也知家国恨，夜夜啼血满枝头。满枝头，恨难消，林公叱咤动荒郊。君不见古城城北林公手植立地擎天青枫树，枝枝叶叶风里雨里相摩相荡掀怒潮！往事如烟百年矣，我来正逢秋风起。伊江两岸气象新，游人误入丹青里。篱畔鸟啁啾，红果醉枝头。草低牛羊见，秀色满田畴。葡萄架下鸣手鼓，红裙花帽胡旋舞。舞到意兴遄飞时，一轮皓月江心吐。吁嗟乎！弦歌处处对圆月，从此不教金瓯缺。君不见当年林公遗恨化江涛，至今如怨如恸如泣如诉声呜咽。君不见吾今浩歌一曲东方红，日照江流汹涌澎湃沸如血！

（一九九〇年九月一日）

听闵惠芬胡琴独奏江河水

一弓掣动浪千里，荒烟寒潮拍岸起。细听皆是断肠声，如诉如泣鸣不已。乱世十载九载凶，流民如蚁走河东。老弱弃尸满沟壑，残阳如血染秋风。千村壁破瓮生尘，蟏蛸结网挂蓬门。村妇路旁呼卖子，死别生离不忍闻。不忍闻，坠秋雨，白幡无语垂新墓。薄暮人归四野空，鸦逐纸钱升枯树。悲天抢地一声呼，恶吏打门夜催租。老翁路绝悬梁死，老妪泪尽唯唏嘘。泪眼问天天不语，天下兴亡百姓苦。当年补天有女娲，而今天裂靠谁补？石破天惊风萧萧，弓底骤然掀怒潮。血债终须以血偿，大河上下卷狂飙。杭哟嘿！风起云奔千万里，看我农工齐奋起。沉舟侧畔走千帆，地覆天翻从此始！从此始，快人心，弦上涛飞夜深沉。君不见惠芬大师弓如长纤掣动江河水，千回百折荡气回肠到如今！

（一九九一年三月八日）

哭焦裕禄

　　君不见二十年前同学少年为君悲，断肠烟柳对斜晖。君不见二十年后白发苍苍为君哭，山川满目泪沾衣。我欲因之梦兰考，随君踏遍泥泞道。春荒送粮走千家，唤取春风护春草。君至兰考出无车，玉米窝头就园蔬。每餐不忘百姓苦，头顶乌纱食无鱼！治水治沙思量久，手扶一杖查风口。心雄欲挡万重沙，多植泡桐多植柳。抗洪亲临险绝处，抱病挥锹战风雨。病躯挺立气冲霄，目光炯炯真如虎！绝症谁料多年矣，轰然倒地竟不起。不起犹自念救灾，救灾方略记满纸。病榻无暇为病愁，逢人每问赵垛楼。张庄沙害秦寨碱，日日夜夜挂心头。临终嘱妻妻含泪：切莫铺张办丧事。又嘱运回吾骨葬沙丘，吾欲目睹兰考泡桐吐绿麦抽穗。长女闻言放悲声，慈父回眸细丁宁：赠汝一枚计时表，上班时辰须记清。嘱罢含恨从兹去，离魂直奔兰考路。棺木专车载君回，父老扶棺泪如注。平民十万跪不起，白幡纸钱三十里。黄河九曲息涛声，暮色苍茫暮山紫。吁嗟乎！往事如烟二十年，世人皆云君魂小憩未长眠。吾今万里招魂至君侧，欲吊遗踪一泫然。公仆英名垂青史，人民公仆永不死。四海翘首望君归，万古荣光无过此！天上人间此情浓，内含至理意无穷：君不见载舟水即覆舟水，中外古今处处同！

（一九九一年三月十九日）

梁祝引

梁祝乃据梁山伯祝英台传奇谱写之小提琴协奏曲，音乐素材取自同名越剧。曲成送交世界青年联欢节，荣获金奖。其曲美丽而忧伤，人称华夏之交响乐云。

何事中宵魂梦惊，卧听梁祝一灯青。帘外风摇潇潇雨，敲窗尽作断肠声。一段凄凉入琴谱，从此人间多秋雨。泣血招魂那堪听，哭裂梁兄坟上土。纵身入墓寻旧梦，弦上雷鸣天地恸。天上人间此情浓，海比深兮山比重。雷声渐隐雨渐收，虹霓七彩挂枝头。离魂铿然化彩蝶，相随相伴忆旧游。忆旧游，流溪畔，啼鸟轻歌花烂漫。丁香月夜赋同心，唤取春风拂堤岸。十八相送水之滨，折柳聊赠一枝春。可怜一步一回首，一番回首一销魂。相期他年长携手，岂料萧墙风雨骤。逼嫁富豪天地昏，摧折并蒂莲下藕。楼台相会雨霏霏，死别生离不胜悲。阴风一夜凋春色，红雨纷纷坠清池。此恨绵绵无穷已，痴情终为痴情死。红豆绕墓发青枝，年年争结相思子。吁嗟乎！苍天也护并蒂莲，梁祝终得入琴弦。一曲未终山海静，满天云霞红欲燃。我听梁祝几番醉，几番洒落伤心泪。几番魂梦入琴声，几番肋下生双翅。一曲听罢情更笃，年年岁岁听不足。君不见地北天南痴情多，挑灯夜夜听梁祝。

（一九九一年八月十二日）

北湖秋月歌

　　北湖位于西北边陲新城石河子市北，初为碱滩沼泽。五十年代经军垦战士艰苦奋斗，辟成此湖。水盛期湖面可达十余平方公里，垦区农田，久被其利。辛未年八月既望，石河子诗词学会诸君泛舟夜游北湖，斯游之乐，实平生之未尝有也。特作长歌以记之。

　　久闻北湖秋月好，中秋八月秋色老。相呼击楫泛秋波，湖畔秋声生树杪。黄发垂髫持钓竿，欲钓星光出翠澜。烟波浩渺鱼漂静，沿湖灯火红欲燃。须臾月自东山上，遍洒清辉染芦荡。舱内袅袅动歌吹，舷外波摇千重浪。月上中天无片云，垂天隐约见昆仑。月色湖光千万里，何人到此不销魂？月华如水暮山紫，清风徐来微波起。长烟净扫璧影沉，喜煞船头二三子。泸州老窖夜光杯，舞蹈欢呼声如雷。争酌流光清肺腑，欲忘生死醉千回。醉千回，仰首望，雁阵横空添豪放。月中桂子影婆娑，湖面香浮催神旺。对此我欲放歌喉，因忆范文正公清风皓月岳阳楼。又念张公若虚生花妙笔真不朽，春江花月千秋万代豁吟眸。噫吁嚱！人称江南风景秀，山水风流看不够。君不见而今北湖秋月壮边关，游人赞声不绝口。君不见吾今挑灯狂草北湖秋月歌，满纸月色涛声流光溢彩直上重霄九！

（一九九一年九月二十六日）

长乐山人作书歌

　　唐先生家濂，中国书协会员，巴蜀中江人也。性豁达，日以书酒自娱，因自号长乐山人焉。余曾赋得长歌梁祝三百馀言，山人以小楷为余书之，通篇寒峭，触目销魂。时山人年已六十有三矣。

　　山人嗜书亦嗜酒，闲来垂钓北湖柳。酒酣挥毫意兴飞，满纸雷鸣惊涛吼。大字看沉雄，关山夕照红。小字夸神秀，江寒秋月瘦。更有行草逞风流，走笔如飞鬼见愁。须臾水击三千里，凌空欲作逍遥游。我与山人忘年交，欲学山人作书豪。山人谓我学书伊始须学酒，君不见颠张醉素皆于酒后笔底卷狂潮。初闻此论颇疑虑，墨池笔冢岂虚语？静夜凝思豁然通，斯言果有无穷趣。书艺本自贵天真，天真笔墨始通神。醉中无欲亦无我，山人欲以此喻引我脱凡尘。我言所得山人喜，因云此子可与论书矣。连呼大杯斟酒来，看我为君书一纸。掷杯为我书梁祝，冷月窥檐风敲竹。书到肠断魂销处，笔底幽幽闻鬼哭。噫吁嚱！六十挥毫殊不易，山人心醉笔亦醉。君不见山人白发苍苍立如松，字如其人人如字。君不见吾今为赋长乐山人作书歌，赋罢神旺心宽陡增浩然气！

（一九九二年九月二十七日）

欣欣居士抚琴歌

王欣欣女士为石河子大学音乐系钢琴教师，兼攻声乐。其父王华庭先生擅书画，晓宫商，生前曾领袖石河子梨园，惜乎夫妻皆亡故于"文革"。欣欣少承父志，好学深思，卓然有成。其门墙桃李，亦已怒放于天山南北也矣。

信手一挥春风生，高山流水无限情。紫燕斜穿潇潇雨，柳暗花明送温馨。十指凝寒江吐月，远影孤帆伤离别。霜天雁唳那堪听，满座唏嘘皆击节。长风万里冻云开，狂潮澎湃声如雷。劲草迎风齐破土，一枝红杏出墙来。居士本是书香女，孩提西出阳关路。父精书画晓宫商，人称塞上唐伯虎。生不逢时命多艰，忍辱含冤二十年。昭雪未久传噩耗，夫妻饮恨归黄泉。黯然撒手从兹去，遗孤凄惶对谁诉？弟赴京华投远亲，弱女无依一何苦。所幸河清艳阳高，久旱新苗得雨浇。居士二十三岁初试锋芒满堂彩，手风琴奏我为祖国守大桥。立志与琴结良缘，春花秋月续续弹。更赴京华求深造，苦练钢琴星月寒。艺成归来成一绝，边城掀起钢琴热。一时弟子满门庭，幼笋逢春争拔节。我与居士称相知，居士抚琴我赋诗。弹罢《命运》叹命运，更赋《月光》《艾丽丝》。居士垂泪我垂泪，居士沉醉我沉醉。居士激昂我激昂，居士欣慰我欣慰。初听抚琴耳目新，久听抚琴脱凡尘。年去年来听不足，夜夜琴声扰梦魂。吁嗟乎！银浦星光何璀璨，校园春浓花烂漫。君不见居士对花含笑一扬眉，满园琴韵诗涛荡气回肠冲霄汉！

（一九九二年十一月二十三日）

万公硬笔书法歌

万先生拴成，燕赵慷慨人也，新疆书协会员，精书法，工诗赋。其硬笔书法雄奇飘逸，自成一格，人称塞上一绝云。

万公平居唯好静，学而优则不从政。半帘风雨一编书，心随蝶梦入诗境。梦回走笔草新诗，诗香飞上岁寒枝。细看所用非紫毫，一管金笔手自持。长河落日涛如血，老树枯藤西风烈。险峰断壁遏行云，万丈寒凝千里雪。春风一夜到天涯，芳草萋萋柳斜斜。无边丝雨细如织，横塘萍碎落杨花。一笔透纸劲有声，鲲鹏击翅过南溟。兴尽笔收山海静，垂天犹自有雷鸣。艺海看独步，硬笔有奇趣。欲问窍与诀，万公笑不语。万公心思唯我知，根茂方能有高枝。艺境本自心境出，心清字自有清辉。吁嗟乎！万公运笔如有神，行云流水了无痕。峻峭淡雅而飘逸，人如其字字如人。发乎情兮止乎礼，万公心清可见底。君不见桃李春风满门墙，少年争相学万体。

（一九九二年十一月二十三日）

杨子丹青吟

杨先生法震,擅丹青,工诗赋。其山水花鸟于灵秀中透沉雄之气,名重边城。

杨子胸中多泉石,烟寒月瘦苍苔碧。兴来泼墨一声秋,满纸萧萧惊芦荻。古木苍藤日月昏,高江急峡看云屯。川江号子黄河浪,一番触目一销魂。春风二月到天涯,淡紫轻红绕篱笆。新枝风柔翠禽小,含娇啼落后庭花。风光最是边关美,大漠驼铃雪溪水。花帽长靴茜罗裙,暮色苍茫葡萄紫。闲来喜过杨子庐,四壁溪喧可观鱼。溪畔荫浓堪去暑,沿溪觅句好骑驴。更兼处处闻啼鸟,流萤明灭拂浅草。修竹摇风月笼沙,花径虫鸣香缥缈。杨子笑我作书痴,挥毫赠我鲜荔枝。淋漓滋润鲜欲滴,夜夜生香绕砚池。又绘雄鸡磐石上,仰天长啸何悲壮。梦深每被鸡唤回,起舞中庭生豪放。噫吁嚱!杨子杨子出中州,赤诚敢先天下忧。君不见杨子夜深泼墨惊塞北,风烟迷漫使人愁。

(一九九二年十一月二十四日)

龟兹放歌

龟兹歌吹由来古，汉唐纷纷传东土。琵琶声动浔阳江，花萼楼中鸣羯鼓。李凭倚楼弹箜篌，空山凝云颓不流。潇湘浪白鹃啼血，月冷高唐神女愁。筚篥截自龟兹竹，吹彻凉州云相逐。边风浩荡送驼铃，平湖雁落蒹葭绿。龟兹妙曲润诗骚，江河万里卷狂潮。朝野争观龟兹舞，新声处处醉诗豪。诗豪最嗜龟兹酒，一樽葡萄诗百首。玉壶红烛夜光杯，天子来呼不回首。商旅百工尽西游，东西文明得交流。深情厚谊传万代，龟兹歌舞汉丝绸。我来踏访丝绸路，欲觅当年苍凉句。遥天雁送一声秋，夕阳如火染云树。群鸟送欢声，花絮裹棉铃。葡萄鲜欲滴，红果露晶莹。寒泉泻玉声呜咽，万马蹄欢边风烈。君不见龟兹故地鼓乐喧天热浪高，各族人民共庆龟兹文化艺术节。环佩生辉映眸子，水村山郭弦歌起。窄袖红裙舞欲狂，舞动长风九万里。盛况空前应高歌，龟兹故地喜事多。古韵新风歌不尽，声声涌入多浪河。吁嗟乎！多浪河水浪打浪，兴来更上层楼望。君不见中外嘉宾络绎不绝赴龟兹，投资创业兴趣盎热说开放。君不见吾今挥毫草就龟兹歌，草罢掷笔驱车连声呼酒携卷登山唱！

（一九九三年三月八日）

龟兹梨花歌

龟兹故地多浪河畔多梨花，春来花旺，游人如织。

　　南疆草木先知春，花朝日暖景色新。柳梢才抹一痕绿，梨园已绽万朵云。多浪河岸三百里，簇簇梨花照春水。水色花光两相辉，水流不断香不已。花下踏青红裙多，踏响岑参白雪歌。千树万树梨花雪，千秋万代费吟哦。春风徐来彩云飞，千朵万朵压枝低。一笑嫣然生百媚，无限风情待人题。我本天涯一过客，平生养就赏花癖。多年看惯洛城花，吟遍江南春草色。今来塞上作诗痴，骑驴携酒过龟兹。多浪河边我欲醉，一树梨花一树诗。绕花觅句趁新月，香染诗行诗如雪。满身花影倩人扶，手持洞箫吹欲裂。归来花光豁吟眸，梦中犹作绕花游。梦回诗熟闻鸟唱，一团花气沁小楼。噫吁嚱！临风凭栏极目望，垂天峥嵘云霞亮。君不见多浪河水千回百折送烟涛，浪打波摇花枝旺。君不见吾今笔涌春潮赋梨花，赋罢满纸飘香远山一轮红日上。

（一九九三年四月十四日）

多浪公园月季谣

多浪公园位于龟兹故地多浪河畔，园多月季。春夏之交，花繁似锦。

有情芍药含春泪，无力蔷薇卧晓枝。骚人皆染赏花癖，丽句清词惹相思。多浪河边多月季，春来叶绿春满地。夏初蓓蕾尽含娇，顾盼生辉催花事。露滴梦回次第开，花丛侵晓绣成堆。闲来携妻看花去，小园香径久低回。一枝昂然擎姹紫，对之顿觉英风起。骏马长鞭木兰辞，投军夜宿黄河水。数簇相依弄轻红，舞袖飘摇醉朦胧。马上琵琶昭君怨，年年岁岁盼春风。吾爱橙黄多儒雅，文采风流看潇洒。妻爱洁白蕴纯真，儿女青梅忆竹马。红红白白何缤纷，清风徐来护花魂。龟兹故地香馥郁，为问谁是灌园人？花间一叟应声立，手把花锄衣衫湿。深眼高鼻鬓苍苍，汉语流利知早习。自云世代居龟兹，平居偏嗜弄香泥。三十年前公园辟，委我护此碧离离。卅载栽培殊不易，几番风雨难入寐。镜中黑发换秋霜，幸得满园花枝翠。离休今已入暮年，犹自未了护花缘。梦中难舍花下土，结棚护花伴花眠。听罢叟言长太息，暗香浮动沁胸臆。迎风又见数枝开，一片花歌迎曙色。吁嗟乎！我本教书一先生，相逢人亦称园丁。今观月季精神爽，鬓边白发一时青。归途身轻意气豪，生机勃发思如潮。一段诗情红似火，夫妻同赋月季谣。

（一九九三年五月二十四日）

柯柯牙林海行

柯柯牙林海位于龟兹故地白水城东，初为当地政府筹建之绿化工程，计划造林二十万亩，现为龟兹著名风景区。癸酉端午，余偕二三子冒雨踏访林海，但见绿浪兼天，涛声震耳，繁花灼灼，霞蔚云蒸。游罢归来，兴犹未已，因作长歌以记之。

魏武遗篇腾异彩，伴我塞上观沧海。龟兹故地白水东，风雨潇潇青冥矮。遥望云涌枝叶稠，烟涛滚滚豁吟眸。车如轻舟扬帆疾，因风直入浪中游。林拥铁塔高百丈，抖擞精神扶摇上。一声长啸乱云飞，脚底青摇滔天浪。一碧万顷更著花，红红白白灿如霞。白杨耸翠苹果绿，梨园堆雪柳丝斜。人人尽说江南美，岂料春风恋白水。林海涛寒日月生，星汉灿烂出其里。十万大军来造林，八年苦战献爱心。播种春光化春雨，子孙后代沐甘霖。壮哉此举乃长策，廿年为期治沙碛。二十万亩展宏图，定教龟兹千年碧。千年碧，忆从前，满清嘉庆十六年。五月天山山洪暴发泥沙滚，极天骇浪摧枯拉朽奔巨川。白水被淹城垣崩摧居民死，万户千家呼天抢地愁颠连。至今思之梦犹寒[①]！盛世再过龟兹望，倚天高矗绿屏障。冒雨我来壮思飞，兴发能不放声唱？治沙治水镇黄风，绿云扰扰花吐红。龟兹故地春潮涌，山呼海啸舞苍龙。观海何须临碣石，萧瑟秋风成旧迹。而今龟兹林海深，拍天自有涛千尺。吁嗟乎！此行不虚兴致高，一腔豪气欲冲霄。君不见无边细雨多情催诗思，平平仄仄闹枝梢。君不见吾今浩歌一曲花争发，林海涛生云烟汹涌浑如潮！

（一九九三年七月二十二日）

【注】

① 清铁保《阿克苏城被水驰往勾当纪事》："不图五月雪水涨，极天骇浪奔巨川。阿克苏城被淹浸，哀哉回户家无椽。城垣仓库尽圮倒，游商戍卒愁颠连。"

欧阳先生说诗歌

欧阳克嶷先生为新疆诗坛耆宿，名重边陲。癸酉六月，先生以七十七岁高龄远游龟兹，余有幸叨陪末座，亲聆教诲。感奋之馀，诗以记之。

先生嗜诗染诗癖，塞北江南苦寻觅。古稀未已少壮心，又来龟兹试吟屐。白水城头一长吟，林海涛寒暮云深。且凭漠风吹白发，自信山水有清音。后学惊闻先生至，满城欢欣如鼎沸。须臾弟子接踵来，桃李满园花枝翠。手把清茗细说诗，如数家珍语迟迟。座中侧耳皆屏息，为诗感奋为诗痴。太白放歌振林木，香山乐府渊明菊。城春何事落愁红，少陵野老吞声哭。兴衰治乱审诸音，诗骚光焰永不沉。自古习诗非小道，呕损肝胆呕碎心。诗品本自人品出，焉能折腰令心屈。浮生何求身后名，开怀且尽杯中物。入门须正防欹斜，百濯千湔拟浣纱。含咀宫商敲夜月，吞吐虹霓化奇葩。继往开来侪辈事，匣底青锋待一试。喜看后浪拍天来，鲲鹏竞展凌云翅。噫！先生咳唾何璀璨，惜乎我仅得碎片。归来倍觉诗海深，夜半挑灯兴浩叹。披衣踏月下庭阶，清风徐徐拂面来。欲将景仰歌耆宿，恨无佳句绽灵台，噫！平生惶愧无过此，权将惆怅书一纸。书罢窥檐鸟鹊喧，寄与云外二三子。

(一九九三年七月二十九日)

龟兹秋月歌

癸酉中秋，阿克苏诗词学会雅集龟兹故地多浪公园云湖，因作长歌，以志其盛。

寻诗屡过大江侧，浔阳琵琶曾相识。四弦掩抑弄秋声，史称传自龟兹国。因来龟兹访秋红，踏破云山千万重。多浪公园云湖畔，中秋八月秋意浓。骚人雅集依湖石，烟寒岛瘦沧波碧。中天高挂一轮秋，满湖生辉兼葭白。湖波荡漾月色流，金耀光浮豁吟眸。游鱼吹浪兰舟小，树影朦胧清风柔。意兴飞扬弦歌起，奏罢高山奏流水。二泉映月思悠悠，春江水暖花月美。手鼓紧促对月敲，龟兹歌舞卷狂潮。红裙飞舞斜趁拍，观之顿觉性灵摇。性灵摇，将进酒，欲酌月华以北斗。君不见太白呼儿换却千金裘，信手一挥诗百首。君不见东坡中秋把酒问青天，落笔即闻风涛吼。我欲醉酒学诗仙，惜无佳句对月圆。座中忽闻诗泉涌，大珠小珠落玉盘。诗涛直上重霄去，溅玉飞珠湿寒兔。桂子摇黄落纷纷，须臾香染湖滨路。吁嗟乎！诗花月色两相辉，龟兹故地好风吹。君不见多浪河边皓月千里秋色老，诗香长伴弦歌飞。君不见中秋雅集骚人皆发少年狂，竟插秋花满头归。

（一九九三年九月十四日）

井冈山放歌

井冈山位于湘东赣西交界处，山深林密，方五百里。一九二七年秋，毛泽东率工农革命军进驻井冈，开创革命根据地，人称"革命摇篮"。

罗霄山脉气势豪，井冈群峰插云霄。一声霹雳震湘赣，工农革命卷狂潮。秋收暴动催战鼓，石破天惊逗秋雨。高歌一曲浏阳河，工农当家要做主。革命要有立脚点，地是根来枪是胆。君不见湘赣边界虎踞龙盘井冈山，山深林密易守难攻称天险。万众一心上井冈，镰刀斧头红缨枪。欲挽雕弓如满月，仰天长啸射天狼。两大主力来会师，春风吹绿岁寒枝。朱毛并肩小天下，江天万里展红旗。帷幄运筹定大计,依靠农村取城市。立足山乡展宏图,建立革命根据地。分田分地打土豪,群情激昂斗志高。支前拥军齐参战,旌旗猎猎风萧萧。众志成城严壁垒,巧布奇兵依山水。黄洋界上鼓角喧,敌寇遁逃尽夹尾。革命岂能怕清贫,军民携手度艰辛。君不见朱老总一双草鞋一条扁担挑日月,君不见毛委员一盏油灯一根灯草著雄文。得道多者得多助,农工学子争归附。江河入海浪滔滔,山中自有革命路。廿载苦斗苦变甜,井冈破浪扬征帆。重来山中多感慨,人人争相说摇篮。指点山深处,满目青青树。流水伴莺歌,低回不忍去。踏遍山崖寻旧痕,林涛滚滚欲凌云。林中依稀烈士墓,杀声阵阵犹可闻。吁嗟乎!山水争唱摇篮颂,守卫工农翻身梦。君不见毛委员恩情遍山乡,比海深兮比山重。吁嗟乎!井冈蜿蜒势如龙,崖畔山花烂漫红。君不见五百里井冈岁岁清明飞细雨,山山水水千秋万代怀念毛泽东。

(一九九三年十月二十七日)

延河谣

延河源出关山月，水瘦涛寒声呜咽。河边几度夕阳红，波心多少黔黎血。破窑短褐何其苦，麻叶苦菜和水煮。黄土高坡姓氏杂，来自豫西流自鲁。千家壁破瓮生尘，妇女出入无完裙。年关逼债豪门毒，旧伤痕夹新伤痕。一声霹雳河冻开，工农红军踏歌来。万里长征赴国难，红旗猎猎过山崖。打倒土豪碎枷锁，延河百姓出水火。春风一夜到天涯，吹绽枝头花万朵。一代伟人出韶山，临河沉吟赋奇篇。北国风光仰天唱，江河万里起狂澜。从此枣园灯不灭，伟人灯下心潮热。彩笔如椽绘宏图，推窗屡对延河月。边区清寒衣食艰，三餐不忘忧黎元。发动军民大生产，歌声震撼南泥湾。秋来谷熟垄亩黄，红枫栗子满山岗。自力更生结硕果，延安精神放光芒。梦中长念延河水，中夜频频披衣起。杨家岭上话家常，手把老农结知己。正月十五闹元宵，秧歌锣鼓伴高跷。高歌一曲绣金匾，馀音袅袅绕林梢。八年抗战复国土，挥师江南驱狐鼠。钟山风雨起苍黄，延河擂动翻身鼓。吃水不忘掘井恩，讵料苍天丧斯人。陕北乡亲泪如雨，延河日夜赋招魂，吁嗟乎！我亦草就招魂稿，遥寄延河岸边草。但愿天涯彩云归，来听流莺啼清晓。山丹丹开花似火红，信天游高亢乡情浓。君不见杨家岭上相思树结相思子，长把相思寄征鸿。君不见延河两岸林荫深处鸣百鸟，日日夜夜呼唤亲人毛泽东。

（一九九三年十一月十一日）

甲午百年长歌

甲午中日战争始于一八九四年七月。数月之间，日军连破牙山、平壤、九连城、大连、旅顺、威海卫、牛庄、营口、田庄台，清军一万二千人战死，北洋水师全军覆没。日屠旅顺，全城仅活三十六人；日陷台湾，杀抗日志士一万一千九百五十人，台湾百姓死于战乱者无数。一八九五年四月十七日，中日缔结《马关条约》。鸦片战争以来，丧权辱国，莫甚于此者矣。然邓世昌林永升诸公赴死黄海，台湾军民浴血台南，其浩然正气，虽与日月争光可也。

君不见鸦片战争酿奇耻，南海血碧东溟紫。君不见万家墨面没蒿莱，壮士登临尽切齿。甲午又见烽烟生，黄海云沉海风腥。牙山失守高升没，三千子弟齐凋零。倭寇挥师逼平壤，守将窜逃如漏网。不亡一卒陷大连，兵锋直指旅顺港。屠城四日杀气浓，平民数万化沙虫。老弱妇幼无幸免，海天万里生悲风。生悲风，惊魂魄，黄海波寒声呜咽。大东沟口炮声隆，舰吼雷鸣秋日白。懦夫怯阵壮士悲，一腔热血化落晖。君不见致远经远官兵同仇敌忾并肩死，万丈豪情至今犹伴彩云飞。威海一战水师没，主帅杀身成名节。飞桥斜挂乞降旗，夕阳西下黑如血。中堂缔约赴马关，割地赔款掩面还。丧权辱国无过此，从此神州月不圆。吁嗟乎！台岛隔海岸，民风称强悍。抗倭一声呼，奋起千百万。台南林莽杀声扬，自古君降民不降。八年流尽志士血，海风浩荡海潮狂。悲壮哉！往事如烟百年矣，折戟沉沙更磨洗。我以长歌祭国殇，泣血招魂恨满纸。且看长风九万里，尽雪炎黄奴隶耻。驱逐列强固金瓯，五星红旗耀青史。吁嗟乎！天涯芳草碧离离，统一祖国此其时。寄语台港诸贤达，精诚合作莫迟疑。千秋大业重机遇，如此江山待题句。君不见空山新雨晚来秋，王孙归来兮嗟日暮。君不见春江潮水连海平，红豆结满相思树。

（一九九四年五月二十四日）

南征歌留别塞上诸诗友

长羡鲲鹏扶摇起，须臾水击三千里。吾今亦作逍遥游，欲赴滇池照秋水。为问临行何所思，难忘天山月明时。云海苍茫星河转，八骏萧萧过瑶池。我曾踏访天山路，驱车直上重霄去。断壁寒凝百丈冰，残霞斜挂青青树。琪花瑶草满高坡，飞流直下剑新磨。一日横行八百里，挑灯呼酒草长歌。山南龟兹多妩媚，春来千里花枝翠。梨园堆雪杏花红，满园春色惹人醉。多浪河边起歌吹。龟兹歌吹百代豪，水村山郭卷狂潮。手鼓频频敲夜月，红裙飘飘何妖娆。最忆边陲诗意足，天山南北诗常绿。十年携手树吟旌，诗花红湿香馥郁。导我先路多良师，深情厚谊惹相思。鱼雁传书谈艺日，围炉煮酒敲诗时。十年磨剑诗艺进，敢忘师友教不吝。南征何以报知音，梦回扪心常自问。喜闻滇南景色妍，湖光山色孕诗篇。西双版纳红河水，滇池洱海点苍山。寻诗何惧两鬓白，直上云崖浮大泽。摘取南天烂漫春，寄与天涯诗剑客。吁嗟乎！长亭惜别感慨多，执手无须泪滂沱。劝君更尽一杯酒，请君听我南征歌。

（一九九四年十月二十日）

岭南行

甲戌岁暮，李杜杯诗词大赛揭晓。余应邀自塞上赴羊城参加颁奖大会，因赋长歌志盛兼寄塞上诸诗友。

长诵东坡岭南句，梦中呼唤荔枝去。挥别塞北雪花飞，来访岭南英雄树。岭南民气何壮哉，且对流云酹一杯。虎门销烟云水怒，三元里前声如雷。欲将国耻从头雪，黄花岗上多人杰。广州起义卷惊涛，国际悲歌永不灭。开天辟地史无前，英雄业绩万古传。君不见英雄花开英雄树，千朵万朵红欲燃。红欲燃，堪追忆，诗云红豆生南国。岭南自古重诗声，诗花尽染英雄色。黎宋康梁著先鞭，人境庐中别有天。千帆竞发声威壮，韩潮苏海有后澜。诗入当代夸奇绝，四海争看岭南热。《当代诗词》领风骚，《诗词》蜚声波澜阔。甲戌高擎李杜杯，欲把颓波力挽回。江河万里终归海，诗豪争赴羊城来。欢聚一堂弦歌起，诗香馥郁无穷已。竞以诗心唤诗心，为诗憔悴为诗死。越秀花气欲冲霄，白云山高掀松涛。珠江亦助诗豪兴，故添妩媚弄轻潮。吁嗟乎！我本天涯一过客，僻处荒漠诗思窄。今逢盛会眼界宽，心海奔涌涛千尺。塞北冰封雪霏霏，岭南已觉暖气吹。兹游堪谓平生冠，摘取东风第一枝。挑灯泼墨书一纸，欲把春光寄万里。春风吹度玉门关，吹绽千红与万紫。吁嗟乎！李杜风标何崇高，李杜光焰永不凋。君不见李杜杯赛群英荟萃气盖世，大声镗鞳大旗飘。君不见诗豪兴发连声呼酒对明月，狂潮澎湃风萧萧。

（一九九四年十二月十日）

桃花山放歌

桃花山距云南蒙自经济开发区东南二十里，早春二月，万树桃红，游人如织。

君不见桃花山上桃万树，早春二月花满路。君不见十里人流歌如潮，争赴花山看花去。遥看红雾迷山峦，村村寨寨掀红澜。近看青枝托红萼，千朵万朵红欲燃。谁割云锦落霄汉，化作满山红烂漫。谁植珊瑚衬青峰，玲珑参差光灿灿。百鸟探春逐花飞，歌喉婉转情无限。八面风来花枝乱。流云低拂万花丛，千树万树花气浓。花下踏歌红裙过，人面桃花相映红。鹤发童颜花前立，静听鸟歌鸣绿叶。兴来聊发少年狂，健步登高谁能及。此身欲共彩云飞，千崖万壑赏芳菲。何事物我两相忘，对花对酒对斜晖。对花对酒诗蓬勃，落笔涛惊波澜阔。直上云崖题壁去，春心欲共花争发。题罢纵目醉流霞，我非我兮花非花。我本山阿桃一树，红红白白满枝丫。噫！桃源深处无今古，风吹花落花如雨。化作春泥也护花，来年更看新花吐。吁嗟乎！春愁何须待酒浇，我欲呼酒壮诗涛。君不见桃花山上万树桃红花似海，拍天滚滚涌春潮。君不见吾今魂系南天灼灼其华云万里，梦中犹自吟《桃夭》。

（一九九五年三月五日）

老将行赠肖公致义

肖公致义，甘肃岷县人也，结发赴边而以新疆阿克苏地委秘书长致仕。公性豪爽，好吟咏，习诗卅载不辍，有《金秋集》未刊稿传世，现为阿克苏地区诗词学会会长。

肖公诗酒皆健将，诗成每向青天唱。兴来一饮三百杯，掷杯墨泼千重浪。多浪河边赋杏花，满纸花红灿如霞。读罢数枝红入梦，伴我踏歌走天涯。少壮赴边思报国，垂老退休敢言直。笔挟风雷扫歪风，老将更显英雄色。山水偏爱边塞好，大漠长河染夕照。登高一曲《麻扎行》[①]，长风万里云浩浩。麻扎我曾随公游，古木参天枝叶稠。游罢归来哦公诗，林涛滚滚撼书楼。因寄涛声岭南去，《诗词》报上添奇趣。边塞胜景得蛰声，四海争传肖公句。公本官场一平民，卅载漠边吟哦勤。《金秋集》中诗三百，尽是炎黄民族魂。边塞诗坛异军起，龟兹故地并四美[②]。肖公振臂集群英，共育漠边兰与芷。数载耕耘众心同，龟兹故地春意浓。《龟兹诗词》会刊创，并蓄兼收百花红。噫！我乃天涯一过客，学诗未成两鬓白。远游本为稻粱谋，幸入肖公招贤册。朝夕受益何其多，匣中长剑赖公磨。吾庐虽小公时至，几番对酒且高歌。嗟乎！骊歌骤起桃花潭，我欲鼓棹赴滇南。临别公以歌当哭，千里万里绕征帆。别来今已数月矣，梦魂故故因风起。为问梦魂欲何之，欲返龟兹访知己。龟兹知己首肖公，更有蜗庐诗叟李振东，红柳短笛蝶梦怨箫诗狂诗怪诗痴亦皆一时之豪雄。但愿龟兹诗长旺，更愿诗坛老将壮心不已诗思畅。边塞吟坛大旗红，莺啼龙吟歌嘹亮。吁嗟乎！梦回心潮逐浪高，一轮圆月挂枝梢。君不见地北天南山重水复人万里，我寄心香报琼瑶。君不见早春二月异地相思人憔悴，一片春愁待酒浇。

（一九九五年三月十九日）

【注】

① 温宿麻扎乃龟兹名胜。肖公《温宿麻扎行》发表于广州《诗词》报一九九五年第三期。

② 谢灵运《拟魏太子邺中集诗序》："天下良辰、美景、赏心、乐事，四者难并。"

听风楼放歌

云南蒙自南湖颐园，宋周敦颐后裔柏斋先生之宅第也。一九三八年间，西南联大为避倭西迁，设商法文学院于南湖之滨，柏斋先生揖让颐园楼阁供联大女学生下榻，遂更名为听风楼焉。联大学生曾创南湖诗社，闻一多、朱自清诸先生皆为诗社导师。噫！听风楼！其非陆放翁"夜阑卧听风吹雨"之遗响也欤。

抗日烽火燃卢沟，炎黄四亿呼同仇。为寻五十年前梦，吾今更上听风楼。凭栏沉吟且放眼，烟波浩渺云天远。嗟乎八百女裙钗，曾此卧薪而尝胆。挑灯看剑何壮哉，欲把乾坤力挽回。夜阑卧听风吹雨，铁马冰河入梦来。家在松花江上住，万里流亡江南路。山河破碎草木深，杜鹃声里斜阳暮。转徙滇南一路歌，追随导师闻一多。南湖之畔秋水碧，欲将长剑十年磨。南湖诗社应运生，指点江山意纵横。鹃啼龙吟热血沸，落地尽作金石声。闲来偶作游湖乐，笑指小荷尖尖角。燕子斜飞雨打萍，游鱼吹浪风敲竹。游罢归来草新诗，案头明灭烛泪垂。风景不殊山河异，云笺难寄断肠词。倚轩更向东北望，云海苍茫孤月亮。流离身与月同孤，夜夜悲歌梦惆怅。八年抗战卷风云，枪林弹雨多红裙。试听听风楼上曲，声声皆是民族魂。讵料敌机来天半，高空弹落酿凶险。百尺楼台一角坍，浓烟滚滚风云惨。噫！往事如烟已成尘，黑发人变白发人。登楼寻梦无觅处，唯见依稀旧弹痕。慷慨悲歌为国死，同学少年今余几。风萧萧兮易水寒，国殇长眠呼不起。逝者如斯长已矣。登楼唏嘘百感生，拂檐烟柳正青青。欲问凭栏何所忆，于无声处听雷霆。嗟乎！当阳楼高漳水绿，仲宣曾赋怀乡曲。鹳鹊楼边日色昏，登之可穷千里目。岳阳楼枕洞庭波，忧先忧兮乐后乐。吾今直上听风楼，欲以长歌当一哭。吁嗟乎！所幸国耻尽烟消，华夏声威步步高。试上听风楼上望，一统江山涌春潮。南湖风光美，云树依春水。夜来满湖星，笙歌因风起。听风楼畔枇杷黄，缅桂花开飘馨香。更有百年菩提树，长伴清风话兴亡。吁嗟乎！前事不忘后事师，登斯楼者应深思。

万众一心可御侮，民族分裂招陵夷。暂凭杯酒酹流云，每说相思每伤神。海涛深处一岛孤，今宵可有登楼人。登楼人，登楼人，记否萁豆本同根？当年幸得与子同袍枕戈待旦保疆土，今朝堪恨未能携手登高把酒赋招魂。吁嗟乎！登斯楼兮生悲壮，国耻家仇不敢忘。君不见五十年前斯楼回荡木兰辞，骏马长缨何高亢。君不见五十年后我来狂草登楼歌，草罢更向青天唱！

（一九九五年五月二日）

风骨颂

君不见江河万里涛如雪，五岳擎天坚似铁。君不见青冥浩荡生光辉，屈平词赋悬日月。为国长怀天下忧，汨罗江水日夜流。茅屋秋风杜陵叟，去国怀乡岳阳楼。敢犯天威"强项令"[①]，"铁面御史"铁骨硬[②]。包公一怒铡皇亲，执法如山悬明镜。不为五斗米折腰，东篱采菊慰寂寥。梦回却思填沧海，易水波寒风萧萧[③]。乌纱掷却情深笃，潍县野老吞声哭。一管长毫两袖风，好写板桥清瘦竹[④]。民族大义何凛然，千古口碑说胡诠。上书乞斩秦桧首，欲凭只手挽狂澜。乱臣贼子心胆寒。吁嗟乎！鸦片战争酿奇耻，黎民泪尽胡尘里。壮士振臂一声呼，炎黄子孙齐奋起。试看砥柱立中流，与子同袍且同仇。前仆后继经百载，御侮焉能惜此头。噫！民族魂魄多壮伟，道义在肩不惧死。俯首甘为孺子牛，横眉冷对千夫指。晚节冰清月同孤，庐山敢上万言书。自身沉浮何足论，要为人民鼓与呼。悲壮哉！华夏自古重风骨，万丈豪情一腔血。炼就娲石补天倾，仰天长啸何激烈。吁嗟乎！先哲风标何崇高，后继群英气冲霄。君不见吾今笔挟惊雷高歌一曲风骨颂，大风起兮云飘飘。

（一九九五年十一月二十八日）

【注】

① 强项令：东汉董宣为洛阳令，杀湖阳公主苍头。光武帝大怒，令小黄门挟持董宣，使叩头谢主。宣两手据地，终不肯俯首。

② 铁面御史：宋赵抃为殿中侍御史，弹劾不避权贵，京师号"铁面御史"。

③ 陶潜《读山海经》诗："精卫衔微木，将以填沧海。刑天舞干戚，猛志固长在。"又《咏荆轲》诗："饮饯易水上，四座列群英。……萧萧哀风逝，淡淡寒波生。"

④ 《清代学者像赞·郑燮》："去官日，百姓痛哭遮留，家家画像以祀。"郑燮《予告归里画竹别潍县绅士民》诗："乌纱掷却不为官，囊橐萧萧两袖寒。写取一枝清瘦竹，秋风江上作渔竿。"

哭孔繁森长歌

　　呜呼！君不见当年痛与焦公别，九曲黄河声呜咽。君不见如今更为孔公哀，万里长江涛如雪。壮岁挥泪别慈母，依依杨柳霏霏雨。男儿壮志欲凌云，愿为高原一抔土。阿里草原天地宽，雪峰流云溢轻寒。日之夕矣牛羊下，红柳花红红欲燃。狮泉河水可濯足，阿里人民赞公仆。汉藏兄弟一家亲，民族友谊树长绿。壬申年间地震初，羊日岗乡变废墟。贡桑曲尼与曲印①，父母双亡遗三孤。孔公救灾情意重，收养遗孤人称颂。父母波拉一身兼②，饥渴冷暖频入梦。入不敷出愁如结，卖血聊补衣食缺。为使儿女早成材，何惜献尽一腔血。嗟乎！冒雪救灾不辞难，欲以病躯挡风寒。送医送药送温暖，公仆光辉照人寰。胸怀爱心能舍己，跨马下乡行千里。饥食冰雪就寒风，渴饮狮泉河畔水。坚信叶茂赖深根，遍访穷乡一百村。改革蓝图绘满纸，从此阿里气象新。君不见朗久地热电厂忙送电③，高原之夜明灿灿。君不见普兰什布奇口岸开，对外开放红蕾绽。君不见强拉山口公路通，车队直上白云中。君不见厂矿争相创高产，产值过亿展雄风。哀哉！人间正盼及时雨，讵料斯人长归去。甲戌之冬噩耗传，四海震荡云水怒。冈底斯山为君哀，雪花朵朵掩泉台。狮泉河水为君哭，高天滚滚走惊雷。哀思如潮漫齐鲁，素花纸钱满故土。妻小倚门盼公归，望断天涯芳草路。悲壮哉！哭罢焦公哭孔公，铜琶铁板大江东。公仆精神永不灭，千秋万代气如虹。我草长歌恨满纸，人民公仆今馀几？为唤公仆起黄泉，我欲投笔替公死！

（一九九五年十二月二十三日）

【注】
① 一九九二年孔繁森抗震救灾，收养藏族遗孤曲尼、贡桑与曲印。
② 波拉，藏语，爷爷。
③ 朗久、普兰、什布奇、强拉山口，皆阿里地名。

三峡行

丙子暮秋，余应邀赴重庆出席全国第九届诗词研讨会。二十日，与会代表乘江渝七号轮畅游三峡。凭栏远眺，水光与山色交辉，心潮随江声激荡。惊叹之馀，特走笔作歌以记之……

飞舟直下大江东，荡胸万里快哉风。浪破夔门金鼓震，乱石穿空何峥嵘。深入郦元水经注，两岸连山无阙处。秋水拍天卷狂潮，青山毕竟遮不住。行人畏言滟滪堆，飞湍瀑流争喧豗。樯倾楫摧壮士死，悲歌化作万壑雷。断壁崔嵬栈道古，天梯如线悬烟雨。古木苍藤日月昏，回澜倒泻蛟龙怒。川江号子摇江树。巴东三峡巫峡长，楚子曾此梦高唐。朝为云兮暮为雨，朝朝暮暮梦凄凉。

望霞峰上神女秀，披薜荔兮曳广袖。堪嗟十二女婵娟，当年尽是屠龙手。屠龙治水隐山阿，长伴渔歌与樵歌。望中梯田美如画，清荣峻茂佳趣多。屈原祠下江流碧，游人登临皆肃立。满山秋橘似火红，根牵故土性难易。香溪澄澈出云根，生长明妃尚有村。捣衣砧上苍苔绿，一番凭吊一伤神。天涯难归月夜魂，噫！果然西陵天下险，沉舟侧畔风云惨。青滩崆岭白骨堆，商旅过滩尽丧胆。乘奔御风如箭疾，弹指舟行过百尺。草木森森走流萤，怪石嵯峨闻鬼泣。电光绕舷掀霹雳。奋勇径取南津关，极目荆楚天地宽。江风猎猎江浩浩，云霞万里看雕盘。横截江流葛洲坝，万丈长缨勒奔马。坝中伫立试回眸，山水苍茫夕阳下。吁嗟乎！君不见太白出峡气轩昂，笔走龙蛇题壁巫山野兴长。君不见少陵出峡感慨多，万里悲秋云帆高挂洞庭波。君不见东坡出峡惊风雨，凌云健笔溢彩流光耀千古。壮哉！吾今亦出峡江口，一腔豪气冲牛斗。君不见吾今连声呼酒浩歌一曲三峡行，满纸云起云飞电掣雷鸣惊涛吼。

（一九九六年十一月七日）

归去来兮歌

归去来兮，同蔓同根胡不归！君不见鸦片东侵沉云黑，南溟纷纷来盗贼。君不见华夏白银皆外流，豪夺巧取无愧色。祸心岂只在金银，伤我元气毁我民。残吾肢体裂吾土，夺我南天一片春。拍案横眉林公怒，海天高耸擎天柱。更有邓关与同袍，众志成城谁敢侮。虎门一炬云烟浓，群情激愤火熊熊。扬我国威长我志，倚天弹剑喊屠龙。夷酋颇狡黠，避锋向闽越。数度犯京津，野心昭若揭。庙堂谈虎皆色变，无计平戎方寸乱。銮驾避暑弃京华①，城下羁縻重琦善②。兵临城下血口红，圆明风物转眼空。一战已然割香港，再战居然得九龙。香港九龙本一体，山海相连方千里。海湾可泊万吨轮，航运直通欧亚美。南疆门户世无双，租期九九夜何长。零丁洋里风波恶，太平山上月色凉。归去来兮，十指连心胡不归！君不见港英政令多不义，华夏尊严遭歧视。君不见省港罢工卷狂潮，十万港胞同日起。平等呼声震天响，香港霎时变死港。港英束手夜惊魂，自由怒涛不可挡。二战东夷代西夷，米字旗换太阳旗。香江苦水流不尽，相思树老珠泪垂③。魔高一尺道高丈，抗日战歌何嘹亮。港九大队聚群英，创立海岛青纱帐。青纱帐内伏奇兵，除奸反霸远蜚声。甘将一腔英雄血，换取金瓯日月明。悲夫！热血三年化为碧，始见强虏降旗白。讵料英军受降来，回归契机叹坐失。噫！往事如烟百馀年，归思长在国门旋。海涛声声频扰梦，明月夜夜照无眠。归去来兮，彩云归矣胡不归？君不见文明古国唱开放，经济腾飞声威壮。万众同呼归去来，吾今当仁则不让。帷幄运筹胜千里，两制并存成一体。港人治港势所趋，殖民主义今已矣。归去来兮，江山一统胡不归！昔我为鱼肉兮，何孤苦而伤悲；今昂然而崛起兮，且吐气以扬眉。完璧归来前景美，勿忘百年伤心史。民族昌盛免陵夷，民族分裂招奇耻。一国两制称首创，民族利益高无上。应念萁豆本同根，忍使婵娟隔海望。寄语台港热血士，百载良机来不易。统一大业天地宽，且来一试补天翅。吁嗟乎！春风送暖遍天涯，春潮汹涌起欢哗。君不见九七回归南国山海美如画，港九齐放紫荆花！

（一九九六年十二月十八日）

【注】

① 一八六〇年十月，英法联军攻占北京。咸丰帝率后妃王公出奔承德避暑山庄。

② 一八四〇年八月，英军攻大沽口。道光帝密令直隶总督琦善赴津门"羁縻"。

③ 香港民谣："要问香港有何树，告你相思就全数。"

西部屯垦歌

　　二十世纪五十年代初，中国人民解放军十万大军挺进新疆，剿匪平叛。其后奉命组成生产建设兵团，屯垦戍边。四十馀年中，兵团战士风餐露宿，披荆斩棘，备尝艰辛。现兵团已垦荒一千六百万亩，拥有土地七万平方公里，人口二百三十万，成为巩固边防开发西部之重要力量。伟业煌煌，中外瞩目。因作长歌以记之，并以遥祭为屯垦捐躯之先烈云。

　　万里西征威烈烈，万里蹄敲瀚海月。万里春风度玉门，万里春潮涛飞雪。休道是瀚海阑干百丈冰，红旗指处四海春。休道是西出阳关无故人，民族团结一家亲。羌笛何须怨杨柳，轮台从此风不吼。君不见大军十万尽征西，定教塞北春长久。屯垦戍边一肩担，追亡逐北气如山。铁骑萧萧掀霹雳，倚天挥剑斩楼兰。分裂残梦须臾碎，天山南北寒潮退。二十万众齐下鞍，战斗队变生产队。亘古荒原滚惊涛，天山南北大旗飘。塔里木河畔飞春雨，准噶尔盆地涌春潮。征服风沙植云树，斩棘披荆建水库。引来雪水灌绿洲，播种春光降春露。砍土镘举豪气生[①]，一犁破土热浪腾。田间小憩何所乐，高唱我是一个兵。所居者何"地窝子"[②]，陋室春浓北风死。穴居犹自梦垦荒，此梦真堪入青史。所食者何水煮风，咀嚼麦粒乐融融。咽尽风沙千般苦，换取春花万朵红。壮哉！卅年回首叹巨变，垦荒一千六百万。农林牧副百业齐，戈壁明珠何璀璨。君不见春风吹绿染田畴，无边麦浪绿如油。地天一色春蓬勃，对此能不放歌喉。君不见金风送爽云天阔，素裹棉铃映秋月。亩产举国列前茅，年年喜摘千堆雪。防护林带看纵横，绿色屏障郁青青。枝头百鸟歌婉转，渠中玉泻佩环鸣。春入果园百花绽，夭桃红杏争烂漫。秋来苹果压枝红，葡萄晶莹惹梦幻。君不见新兴城镇拔地起，北屯奎屯石河子③。君不见"死亡之海"变乐园，阿拉尔辉映塔河水。厂矿林立气吐虹，纺织制糖作前锋。产值高达八十亿，日新月异展雄风。噫！屯垦戍边由来久，汉唐故垒皆残朽。但留遗训意常新：平时积谷战时守④。汉唐胜事今已矣，当代屯垦孰能比：屯垦大军二百万，雄镇天西七万里。亦军亦农亦工商，和平建设斗志昂。召之即来来能战，钢铁长城美名扬。快哉！诗翁曾此抒感慨：希望之光升塞外⑤。元戎曾此赋华章："戈壁惊开新世界。"⑥新声古韵两相辉，屯垦之树碧离离。更上层楼抬望眼，改革开放好风吹。好风吹放花千树，改革新苗争破土。四海惊看西部热，屯垦伟业垂千古。吁嗟乎！大江东去兮流不已，白发老兵兮今馀几？岁岁清明兮飞细雨，雨中结满兮相思子。我草长歌兮遥祭烈士之云帆，帆悠悠兮水蓝蓝。魂兮归来兮听我歌一曲：边疆处处兮赛江南！

(一九九七年九月七日)

【注】

① 砍土镘，垦荒工具。

② 兵团战士开发天山南北之初，食宿维艰。因掘地为穴，上覆草泥而居之，人称"地窝子"。

③ 北屯、奎屯、石河子、阿拉尔，皆兵团所建新城，遐尔闻名。

④ 汉唐屯垦方略："平时积谷，战时参战。""内有亡费之利，外有守御之备。"

⑤ 艾青诗《石河子》："面对着千里戈壁，两眼闪耀着希望。"

⑥ 陈毅诗《访新疆》："戈壁惊开新世界，天山常涌大波涛。"

菊花诗会歌

丁丑重阳前夕，滇南蒙自师专举办菊花诗会，展出秋菊千馀盆五十馀种。胜友如云，逸兴遄飞，因作长歌以记之。

君不见金秋佳节又重阳，校园处处菊飘香。君不见长风万里催花事，满目花光何辉煌。黄菊生辉金灿灿，英姿勃勃争烂漫。白菊含娇玉玲珑，临风一笑情无限。南枝爪舞龙抬头，北枝狮子滚绣球。西厢波绿鸿照影，东厢霞蔚凤啁啾。一枝轻红飞异彩，绰约风华真绝代。数朵紫艳凝寒霜，英风直透云天外。何事花间飘彩云，九天仙子下凡尘。一片花声如私语，四弦低奏绛都春。快哉风来掀花涛，满园花影怒如潮。人间信是秋光美，花气诗情齐冲霄。菊花诗会金秋开，胜友如云赏菊来。白发红颜齐聚首，花海香径久徘徊。噫！因念菊品即人品，顺境不开开逆境。风刀霜剑严相逼，堂堂正气自凛凛。君不见离骚赋菊发正声，玉比洁兮冰比清。朝饮木兰之坠露，夕餐秋菊之落英。君不见渊明采菊东篱下，南山夕阳美如画。物我两忘远尘嚣，生也有涯诗无价。壮哉！秋菊风标何崇高，秋菊精神永不凋。我来躬逢菊花会，走笔作歌气势豪。说什么人比黄花瘦，长伴秋菊精神抖。说什么秋之为气也悲哉，秋菊常开诗不朽。吁嗟乎！重阳赏菊绣成堆，高朋满座诗涛飞。我劝诸君同举杯，菊花须插满头归！

（一九九七年九月二十八日）

西双版纳行

丙子初春，余偕妻远游西双版纳，采得红豆十馀粒，归而藏之。月白风清之夜，万籁俱寂之时，每与妻共赏澜沧玲珑之豆，长吟辋川《相思》之章，同忆南国比翼之游，温情豪气，齐上心头。因走笔作歌，遥寄天涯知己云尔。

澜沧江畔春不老，四季花红莺歌绕。携妇将雏探春来，江水如蓝波浩渺。沿江绿染树婆娑，人称东方多瑙河。"黄金水道"通南亚，直泻沧溟发浩歌。傣家竹楼出乔木，藤蔓纷披花簇簇。芭蕉叶大栀子肥，花信风摇凤尾竹。欢声笑语动江隈，傣家卜哨①赶街来。花伞倚肩腰摆柳，柔情似水春满怀。紧身罗襦红深浅，对襟春衫窄袖短。五彩筒裙稳称身，版纳春光惊独占。噫！傣家独占版纳春，版纳春光销人魂。试入热带雨林望，古木苍藤日月昏。凌云百丈望天树②，枝叶峥嵘掩朝暮。树冠长啸八面风，雄峙南天第一柱。千年铁树枝叶新，万岁血竭③罩红云。藤缠藤兮树缠树，枝连枝兮根连根。芒果金黄棕榈绿，缅桂花开香馥馥。炮仗花红满天霞，菩提树下栖麋鹿。红豆春来发青枝，人道此物最相思。愿君南游多采撷，莫负青春少年时。我采红豆且长吟，南国春浓情意深。妻采红豆清歌发，《相思》一曲绕唐音。嗟夫！兹游堪谓平生冠，版纳风光看不厌。云海苍茫林海深，林涛汹涌云烟卷。蝴蝶园中蝶缤纷，万千成阵天地昏。蝶如潮兮花如海，漫天飘拂五彩云。群猴出没花枝乱，腾跃攀援何烂漫。一声清啸去如飞，四顾茫茫皆不见。三岔河清象戏水，罗梭江寒鱼弄苇。葫芦岛上听鹿鸣，流沙河畔看雕起。惊心最是鳄鱼湖，湖中恶物本非鱼。一怒狰狞腥风起，万千鳞介血模糊。不忍观鳄仓皇去，去时日落远山暮。登车方觉寸心宽，鸟歌如雨洒满路。驱车更访傣家村，傣家竹楼衬黄昏。池塘绕宅鱼泼泼，果木飘香散氤氲。须臾月自东山上，铓锣敲月何清亮。象脚鼓舞动地来，欢歌如潮浪打浪。何物甘甜馀味久，竹筒米饭香满口。何物温润寄情深，糯米香茶醇于酒。听歌击节醉微微，一杯一杯又一杯。舞低杨柳楼心月，归来犹梦彩云飞。归来红豆摩挲久，温情豪气暖胸口。共忆壮游意兴飞，欲酌月华以北斗。吁嗟乎！

西双版纳远蜚声，我来果不虚此行。游罢陡觉诗思旺，走笔欲令鬼神惊。手之舞之足之蹈，踏遍青山人未老。君不见灯前红豆何玲珑，君不见中天明月何皎皎。君不见我草相思寄明月，草罢不觉东方晓。

（一九九七年九月三十日）

【注】

① 卜哨，傣家语，少女。

② 望天树，常绿大乔木，高达八十米，冠如巨伞，八大珍稀植物之一，国家一级保护植物。

③ 血竭，又名龙血树，树龄长达八千岁。其汁殷红如血，故名。

燕子洞歌

燕子洞位于滇南建水古城之东，群山环抱，洞深十里，栖燕百万。洞壁钟乳千姿百态，妙趣横生。泸江西来，入洞而为暗河，涵澹澎湃，恍如吴楚之编钟云。

黑云压城城欲摧，横空泼墨乱烟堆。山呼海啸风雷滚，知是百万燕子来。燕子百万来何处，来自深山鱼龙府。群峰环抱一洞幽，洞中长有烟云吐。泸江西来破烟云，寒涛滚滚摇云根。一片宫商鸣洞壁，十里编钟销人魂。寻声试向洞壁看，瑶草琪花何烂漫。小荷初露一角尖，夭桃压枝红万片。百尺珊瑚照眼新，舞长虹兮拂彩云。何处风来香馥馥，谁家桂子落缤纷。桂子缤纷随逝水，流水落花无穷已。水流不息香不消，身逐幽香入地底。噫！地底雄奇客心惊，方圆百丈见巨厅。穹顶翠娥舒广袖，美目盼兮星月明。四壁更有神龙护，鳞爪腾挪播云雨。云雨深处雷霆惊，壁罅轰然悬瀑布。剑戟森森寒光吐，貔貅列阵挝天鼓。矢交坠兮士争先，短兵接兮云水怒。高天鹰扬逐狐兔，林莽风惊踞熊虎。百鸟翔集凤凰鸣，栩栩皆欲破壁去。怪哉！破壁犹有洞中天，千洞万洞紧相连。十里洞天十里水，回澜激石鸣溅溅。出洞仍仗十里涛，逆流破浪一舟摇。蹄花一片驰万马，此身如卧钱塘潮。吁嗟乎！出洞诗思悠而远，面壁欲题溪山晚。提笔忽觉已忘言，静听燕语声声软。归途纵目千万里，蓝天一片真如洗。落日燃霞万山红，泸江如练暮云紫。

（一九九八年三月十九日）

踏歌行寄李振东先生

　　李振东先生，阿克苏诗词学会常务副会长，诗书兼擅，齐鲁肥城人也。余谋食龟兹，曾与先生为忘年之交。一别多年，思念之情频频扰梦，因作长歌以寄之。

　　先生学诗年七十，白发萧萧昂然立。诗路平平仄仄平，难改先生耿且直。敢怨敢怒狐鼠避，或歌或笑皆本色。诗风劲健何所似，长天迅雷月下笛。龟兹故地喜相逢，看取先生宝刀雄。齐鲁乡音淳而厚，怡然令我坐春风。同赋龟兹林海碧，同唱塔河梨花白。端午共招屈杜魂，携手漠边树吟帜。大风起兮云飘飘，龟兹故地诗声高。诗会群雄齐努力，掀动滚滚塔河潮。老骥伏枥志千里，烈士暮年情未已。欲将腾沸一腔血，浇开千红与万紫。天山之巅赋华章，马蹄踏雪韵铿锵。戈壁绿洲唱春色，柳暗花明句生香。支撑学会鼓馀勇，昼夜奔忙人敬重。奔忙皆是徒步行，走遍大街与小弄。诗如其人人如诗，先生堪称一诗痴。年逾古稀诗胆壮，诗花开满岁寒枝。先生待我情意深，时过吾庐一长吟。畅谈忘忧临夜半，问寒问疾暖人心。乙亥我赴滇南去，去时雪满天山路。先生踏歌送我行，四野茫茫飞乱絮。噫！别后悠悠时序更，但凭鱼雁寄深情。先生频频来入梦，梦醒犹闻踏歌声。吁嗟乎！夜深又觉魂梦惊，起看阑干星斗横。君不见我欲觅先生无觅处，挑灯狂草踏歌行。

（一九九八年五月十二日）

诗官歌

　　唐先生世政，石河子诗词学会会长，新疆生产建设兵团诗词选《军垦颂》主编，巴蜀邻水人也。先生身在宦海而心系诗坛，诗词兼擅而落笔有奇趣。余与先生友善，故每戏称之为诗官云。

　　高处不胜寒，心系江湖雨。身心大半为诗忙，但留一角为官苦。苦官赢来两袖风，糊涂难得忧无穷。忙诗换取情无价，春华秋实相映红。堪嗟诗词能兼擅，写尽黎民声声怨。兴来呼酒壮诗涛，满纸诗花争烂漫。登高一曲边塞风，长河落日气势雄。信手新翻杨柳调，江南烟雨正朦胧。凭栏遥忆江南雨，烟笼孩提读书处。巴山蜀水孕诗魂，远游不忘故园土。少年豪气冲云天，壮歌唱出玉门关。君不见屯垦戍边征战苦，大漠孤烟北风寒。历尽荒原风沙苦，觅得雄健苍凉句。酒酣一唱壮东风，流韵铿锵绕云树。边城盛世绽诗花，诗香飞入百姓家。君不见吟帜高扬群英聚，诗官为诗奔忙乐无涯。学会诞生十年矣，边城诗涛拍天起。诗苑蓬勃渐成林，开遍千红与万紫。噫！垂老不放身心闲，编定煌煌军垦篇。屯垦伟业永不朽，高风留与后人传。吁嗟乎！某生平从不为官歌，今歌诗官意如何？君不见诗官非比寻常吏，官味甚少诗味多！

（一九九八年五月十二日）

至公堂浩歌

至公堂在今云南大学校园内，闻一多先生曾在此作最后一次讲演。先生诗人兼学者而心系国运，后终以热血为新中国奠基。先生真人杰，亦真鬼雄耳。新中国五十周年国庆前夕，余谒至公堂归，思接千载，夜不能寐。因作长歌，谨以遥祭一多先生在天之灵。

至公堂上悬皓月，至公堂下沙似雪。环堂绿拥万树花，花枝尽染英雄血。绕花踏月久低回，且对清风酹一杯。我有深悲无寄处，欲招先生魂归来。先生之诗我常诵，先生之魂频入梦。一声"我是中国人"，海比深兮山比重。蜡炬成灰泪始干，先生真如红烛燃。烛泪悠悠流不息，天地长存一寸丹。一寸丹心为民主，和平自由与进步。志坚欲雪耻千秋，气壮何愁楚三户。卢沟桥上血风腥，感时恨别走春城。三千里路云和月，梦中歌哭为苍生。为诗憔悴为诗死，国风楚辞诵不止。平生所爱史之诗，平生所重诗之史。抗战诗坛发新声，靡靡之音那堪听。民族危亡需鼓手，铁马金戈卷雷霆。休道是书生手无缚鸡力，挥毫顿见风云色。休道是寒儒清贫两袖风，热血亦能化为碧。血肉长城千万里，八年惨胜来不易。讵料独夫行独裁，内战烽烟萧墙起。和平协议成废纸，寒夜荒鸡鸣不已。先生拍案一声呼：不自由则毋宁死！法西斯蒂争喧嚣，春城平地起寒潮。君不见联大师生猝不及防皆徒手，君不见党国爪牙白昼行凶榴弹并刺刀。学子四人同日夭，教授居然血染袍。党国武功真盖世：腥风血雨"一二·一"！烈士尸骨停未稳，民主先驱惊又殒。李公血溅青云街①，是可忍孰不可忍！先生恨自胆边生，挺身直向虎山行。至公堂上字字血：民不畏死死可轻。大丈夫心一寸铁，易水悲歌荆轲血②。敢凭只手挽狂澜，欲将肝胆补天裂。呜乎！补天大业恨未终，神州痛失万夫雄。西仓坡前风云惨，先生血染夕阳红。悲夫！屈子行吟影枯槁，少陵贫病江湖老。如今党国重流氓，专家教授贱如草！悲壮哉！须知野火烧不尽，怒潮汹涌春雷震。愚公并力喊移山，精卫同声呼雪恨。风萧萧兮日月昏，四万万人赋招魂。君不见大江南北千树万树花飞雪，君不见长城内外千里万里雨纷纷。吁嗟乎！往事真如东逝水，弹指五十三年矣。我来含泪唤公归，千呼万唤呼不起。忆公音容哦公诗，公之遗愿此其时。世纪之交春潮涌，改革开放风劲吹。九七港九珠还浦，九九澳门归疆宇。两制并存一统成，民主进步信可睹。噫！但有一弊恨难已，公若知之定切齿：山乡黎庶未脱贫，官仓硕鼠皆肥死！长太息以掩涕兮，哀民生之多艰。先天下而独忧兮，谁更继夫前贤？欲振聋而发聩兮，时代仍需鼓手；

我特以此长歌兮，哭祭于先生之灵前。一篇哭罢气如山，先生仿佛在眼前。携先生诗登山诵，满腔热血沸欲燃。噫吁嚱，危乎高哉！先生本是民族魂，神州故土有深根。先生之诗千秋唱：我是一个中国人！

（一九九九年一月八至十日）

【注】

① 一九六四年七月十一日晚，李公朴先生被国民党特务暗杀于青云街学院坡。七月十五日上午，闻一多先生在至公堂做最后一次讲演。当天下午，先生在西仓坡被枪杀。

② 闻一多先生诗《我是中国人》："我的心里有尧舜的心，我的血是荆轲聂政的血。"

丽江行

云南丽江古城始建于宋末元初，纳西族居焉，徐霞客有记。古城民居错落有致，古色古香，颇具江南水乡特色，故人称"高原姑苏"。古城之北，玉龙山挺如剑芒，泸沽湖澄如明镜。人文与自然景观相映生辉，令中外游客叹为观止。一九九七年十二月四日，丽江古城被列入《世界文化遗产名录》。

久慕高原出姑苏，文献曾载霞客徐。我来踏访清秋节，金沙江畔驱轻车。瓦舍栉比丛篁绿，秋花如火红簇簇。小桥流水响叮咚，穿街绕巷看不足。谁调五彩寄意长，画取纳西此辉煌。举世瞩目蜚声远，文化遗产飘馨香。远眺玉龙壮诗胆，十三雪峰挺如剑。呼酒登高壮思飞，风萧萧兮云淡淡。扫却征衫万斛尘，峰巅红日大如轮。勃然兴发思题壁，走笔作歌风雷奔。俯瞰长湖明如镜，湖名泸沽真名胜。波间五岛布若棋，秋水长天相辉映。买舟鼓棹入烟涛，云帆高挂趁晚潮。且向湖心钓明月，伊人鼓瑟我吹箫。游罢归饮古城酒，果然斗酒诗百首。酒酣把盏问青天，明月清风几时有。清风丝竹暗飞声，纳西古乐境界清。一曲听罢吾忘我，灵台澄澈一身轻。吁嗟乎！如醉如痴情难已，桃源仙境无过此。挑灯泼墨书一纸，寄与云外二三子。

（二〇〇一年六月十八日）

题草野轩诗书画集

　　东莞何春，敏而好学，学而不厌者也。草野名其轩，其怀淡泊；书画写其趣，其品清雅。顷接其诗书画集，花鸟草虫，皆灵机勃发而超然乎尘垢之外。叹赏之馀，特走笔作歌以记之。

　　信手一挥生春风，春风生自东莞东。春风过处春草绿，草野轩中春意浓。万丈花光映眸子，红梅吐艳紫藤紫。雨后葡萄碧玲珑，望之顿觉酸我齿。清泉漱石破寂寥，映日芰荷冷香摇。银浦流云拂明月，无边花影乱如潮。何事鸟歌动耳鼓？万绿丛中鸣翠羽。何事夜半起秋声？东篱促织呼秋雨。何子泼墨意兴飞，芭蕉叶大枇杷肥。更以馀墨题丽句，文采花色两相辉。满纸香浮墨色饱，二王青春钟繇老。苏黄米蔡董王孙，庖丁神技进乎道。翩翩舞征鸿，矫矫走游龙。挂壁惊破壁，破壁化长虹。噫！我与何子神交久，长羡何子掣鲸手。今读其集灵台清，走笔作歌题其首。

（二○○二年九月十八日）

黄公度先生谢世百年读《人境庐诗草》怆然作歌寄怡然兄香江①

　　结庐在人境,心能远之乎?魂系吾民与吾国,能不歌哭且唏嘘!黄公黄公字公度,前身合是英雄树。根扎神州万丈深,干擎岭南天一柱。岭南民气何壮哉,三元里前声如雷。鞠躬尽瘁林少穆,死而后已关天培。肉食者鄙酿奇耻,城下之盟羞满纸。赔款割地阿芙蓉,烈士心寒尽切齿。匣中三尺剑新磨,欲斩长鲸挽颓波。惜哉霸才天不佑,长使英雄泪滂沱。泪滂沱,对天泣,甲午之战沉云黑。牙山失守高升北,八千子弟一时墨。敌焰嚣张杀气浓,屠城旅顺火熊熊。老弱妇幼无幸免,流血漂杵海波红。壮哉邓林皆死战,经远致远驰如电。回天无力奈若何,风萧萧兮云淡淡。满腔热血化落晖,浩歌长伴彩云飞。每忆邓林胆气旺,起舞中庭听晨鸡。苍天苍天泪如雨,倭人竟割台湾去。民则何辜罹此苦,取我脂膏供仇虏。一声拔剑起击柱,万众一心谁敢侮。亡秦者谁三户楚,何况闽粤百万户②。民族危亡民族悲,尽入人境庐中诗。少陵野老吞声哭,城春花谢国破时。大丈夫心一寸铁,欲荐轩辕以热血。可怜万字策平戎,换得风寒六月雪。欲洗甲兵挽天河,讵料托体同山阿。今古茫茫谁共语,鲛人珠尽泪尤多。九曲栏杆拍欲破,时到微明犹独坐。推窗满目乱云飞,木棉花开红似火。人境庐中学种瓜,卧听虫声透窗纱。先生真是闲人未，偶尔栽花偶看花。几番对花花溅泪，几番听鸟鸟声碎。湖海归来气难除，沽酒浇愁期一醉。古今霸才能有几，哀哉戊戌六君子。先生忍痛忍死鸣，未见大同心不死。先生之诗照汗青，铜琶铁板发正声。万众宏扬先生志，共把血肉筑长城。前仆后继不惜死，掣动长风九万里。驱逐列强固金瓯，尽洗炎黄百年耻。百年热血化为碧，先生名传英雄册。诵先生诗心潮沸，雄鸡一声天下白。悲乎哉！先生曾言吾老矣，含泪挥毫书《心史》。为见神州一统成，病躯愿缓须臾死③。先生至死目不瞑，怒将老眼看瓜分。泣红雁唳鹃啼血，都是先生月夜魂。吁嗟乎！大江东去浪滔滔，我草长歌恨难消。君不见官仓硕鼠贪得无厌皆肥死，君不见华夏精英憔悴枯槁尽早凋！居安思危称古训，黄公歌啸如雷震。长忆黄公哦公诗，不留子孙以遗恨。海涛深处一岛孤，本属神州旧版图。《台湾行》中字字血，两岸同胞记得无？清明时节芳草绿，江河呜咽声断续。我诵公诗动深悲，遥寄长歌当一哭！

（二〇〇五年四月十七日）

【注】

① 香港梁怡然先生拟制作六十米诗书长卷《黄学缘会》以纪念黄遵宪先生谢世百年，因属予作歌，特赋此以寄。

② 以上八句出自黄公诗《台湾行》。

③ 黄公诗《病中纪梦述寄梁任父》："倘见德化成，愿缓须臾死。"

祭聂耳长歌

聂耳名守信，字子义，艺名聂耳，云南玉溪人，一九一二年生于昆明。聂耳毕生以乐曲为利器，为大众呼号，为民族呐喊，创获甚丰。一九三五年七月十七日，聂耳溺殁于日本鹄沼海滨，年仅二十四岁。新中国建国前夕，中国人民政治协商会议第一次会议决议：聂耳谱写之《义勇军进行曲》为中华人民共和国《国歌》。

卢沟月黑海风腥，高天滚滚走雷霆。四万万人齐怒吼，要把血肉筑长城。悲歌一曲歌义勇，白山黑水频入梦。报国捐躯此其时，炎黄岂是奴隶种。滇中聂耳志凌云，追求只要主义真。五十弦翻关山月，高唱国殇中华魂。岁寒更显松高洁，心灵之火永不灭。挑灯看剑气如虹，甘洒腾沸一腔血。我以我血荐轩辕，风萧萧兮易水寒。壮士视死本如归，誓斩鲸鲵挽狂澜。《毕业歌》传《桃李劫》，告别书窗衣铁甲。休道书生无一用，夺旗斩将风飒飒。寸土不让寸土争，大刀怒向鬼子兵。《自卫歌》飞天地动，相看白刃血纷纷。谁云东瀛日不落，且听聂耳破阵乐。铁马金戈卷怒潮，荡涤凶顽除腐恶。一曲起懦而振衰，一歌唱罢胸胆开。义勇军魂耀千古，天不能死地难埋。堪恨天不佑英伟，廿四风华沉海水。举国齐呼魂归来，千呼万唤呼不起。往事如烟近百年，远访英灵赴云滇。我来胸中存一愿，欲吊遗踪一泫然。斯人高卧松篁里，云拂天蓝净如洗。魂依抚仙湖畔月，梦枕滇池沧浪水。故园风物仍依旧，好水好山看不够。树杪日升鸟雀喧，竹楼暮降笙歌奏。壁上犹挂旧时琴，曾送民间疾苦音。案头三弦声铿鏘，曾拨秋寒水云深。一弦一柱惹思忆，一草一木系寸心。亦歌哭添惆怅，亦真亦幻费追寻。费追寻，发浩歌，与子同仇剑横磨。义勇军曲登山唱，激荡长江与黄河。黄河长江东入海，中华崛起人心快。《国歌》声红旗五星，聂耳精神传万代。前事不忘后事师，和平进步信可期。云滇四季花似海，鹄沼高耸聂耳碑[①]。滇池鹄沼遥相望，警钟长鸣浪打浪。兵者凶器慎莫忘，人权生命高无上。借聂耳之耳兮以倾听，借聂耳之琴兮奏心声。借聂耳之眼兮观天下，借聂耳之笔兮抒豪情。万里南行酹山阿，聂耳墓前竹婆娑。栏杆拍遍心潮涌，走笔狂草聂耳歌。

【注】

① 为表达对聂耳之仰慕与思念，日本藤泽市1954年决定于鹄沼海滨立"聂耳纪念碑"。秋田先生碑文："如果用耳倾听，我等今仍能听到聂耳的亚洲解放之声吧！"

（二〇〇七年六月十二日）

紫笋茶歌

　　紫笋茶生湖州长兴县顾渚山谷，茶香清雅，名满天下。唐大历年间定为岁贡，因开吾国贡茶先河。茶圣陆羽耕耘湖州三十寒暑，辟茶园，赋茶诗，传茶道，著《茶经》。《经》评紫笋云：上者生烂石。又云：紫者上，绿者次；笋者上，芽者次；叶卷上，叶舒次。

　　倚竹烹茶处，听泉悟道时。鸟唱诗声和月煮，细品东风第一枝。湖州紫笋春吐翠，贡奉京华香不已。驿马兼程驰如飞，一日追风八百里。随贡更有金沙泉，泉出云根清且寒。茶烟凝紫泉浏亮，一时声价压长安。顾渚山谷烟云碧，春芽蓬勃生烂石。扪葛攀崖采茶忙，齐趁春分带露摘。茶歌袅袅逐流云，摘取枝头烂漫春。拍翅飞飞报春鸟，间关声绕采茶人。捣拍焙穿星月堕，烹蒸涤濯急如火。花萼楼前宴清明，欲赏湖州春万朵。银瓶泻玉霜潇潇，松毛炉火香飘飘。杯中照眼春山紫，壶底声喧太湖潮。一杯饮罢身心畅，更进一杯神思旺。一杯一杯又一杯，渐觉物我两相忘。何须借酒浇春愁，且邀俊侣芳春游。为听春莺啭春蕾，快乘春风奔湖州。顾渚山谷春风软，竹楼翠耸春山晚。闲烹春芽燃红叶，醉草春诗生璀璨。太湖春帆沐春阳，金沙泉水何沧浪。濯吾缨兮濯吾足，兴来走笔声铿锵。梦谒茶圣问茶道，更访诗僧敲诗行。腕底波澜风浩荡，胸中境界天苍苍。诗与茶禅成一体，灵台澄澈净如洗。柳暗花明归自然，山重水复看云起。噫！胜友如云慕名来，湖州正打文化牌。紫笋欲与时共进，联手创建大平台。紫笋茶名扬天下，品牌根扎大文化。茶乡拓展文化源，儒释道兼诗书画。君不见海纳百川狂潮打，长风万里征帆挂。君不见华夏文明三千年，都云有容德乃大。吁嗟乎！改革开放机遇多，顾渚山谷绿婆娑。君不见我来饱蘸茶山翠，摩崖狂草紫笋歌！

(二〇〇八年五月一日)

开华先生狂草歌

沈开华先生，滇南蒙自人也。性豪迈，擅狂草。七十有二，笔力不衰。所草赤壁赋出师表等鸿篇巨制，硬朗雄健，声势如潮。

狂来墨泼龙蛇走，赤壁涛惊娲石瘦。巫峡巫山秋兴浓，毫端听取雷霆斗。浩然一曲正气歌，笔力欲穿纸背透。出师双表泪满襟，天下三分不可救。洞庭波撼岳阳楼，薄暮冥冥豺虎吼。滕王阁上雁阵惊，落霞孤鹜云涌岫。海上明月共潮生，春江水暖山河秀。高堂明镜白发悲，痛饮狂歌将进酒。池砚波翻意兴飞，满纸潮奔风雨骤。腕底波澜烂漫春，心中憧憬双红豆。笑他软媚女郎诗，看我辉煌新宇宙。掷杯走笔快如风，倚马万言须臾就。读之每觉性灵摇，仿佛坐我峡江口。又如大漠起孤烟，落日长河九曲九。颠张醉素导先河，沈公健步随其后。观海欲测过庭深，登高直探王铎厚。百川海纳众家长，得之于心应之手。刹那辉光即永恒，一笔不苟即不朽。观书顿悟哲人言，镂而不舍金石镂。听我为公歌一曲，歌罢墨香染襟袖。

（二〇〇八年十一月十七日）

石韵轩主篆刻歌

　　王洪科先生，云南通海秀山人，工诗书，尤擅篆刻，斋名石韵轩，名满滇中。先生先后赠我说剑楼、后发先至、涤除玄览、狂来说剑等篆印若干方，或平实，或圆转，或峭拔，或妩媚，尽得汉唐宋元明清胜处。因知先生于篆刻深有会心，真技进乎道者也。特走笔作歌，以志感怀。

　　天惊石破风萧萧，女娲石上看走刀。银钩铁画短兵接，石韵轩中生狂潮。白文晴霞散成绮，朱文风荷红映水。神鳌鼓浪摇云根，雁阵惊寒披霞起。画取东风第一枝，昌黎健笔少陵诗。笔底花生香馥馥，刀头翅展云飞飞。神韵直欲追秦汉，平实盘曲皆烂漫。圆转天然蕴方刚，峭拔云横陡壁断。石韵轩主出秀山，灵气采自绿云间。印内印外诗盘旋，满目青峰当印看。朴厚兼雄媚，丑拙化俊美。古今一脉通，变化守正轨。诗文书画韵无穷，贵能深造求其通。石韵轩主学不厌，海纳堪称万夫雄。方寸之间容万里，线条曲折通青史。风云之色石上生，珠玉之声刀下起。见志高远见情深，但以我手写我心。读印如闻箫韶乐，于无声处听大音。刚如铁铸青铜灌，柔如吴带当风软。薄如蝉翼透空明，厚如磐石不可转。肥如花间醉玉环，瘦如掌上舞飞燕。能于微尘显大千，更于有限寓无限。日月辉煌星灿烂。噫！堪嗟一刀万象生，游刃欲令鬼神惊。塞上胭脂凝夜紫，朗朗古月挂长城。吁嗟乎！古印有笔犹有墨，今人但有刀与石。前辈风流忽衰歇，雕虫不为小技绝。先生崛起秀山边，欲以只手挽狂澜。高揭宋元明清帜，来破秦垒汉时关。吾有书楼名说剑，独行久隔红尘远。先生篆赠说剑楼，剑芒直上冲霄汉。又赠闲章名狂来，浩气荡胸何快哉。一读狂来一长啸，长风万里浮云开。先生篆刻虹霓吐，伴我狂歌草金缕。更将健笔扫千军，上将兜鍪信手取。吁嗟乎！我草长歌气如山，草罢心雄天地宽。君不见石韵轩主朱文白文红似火，满纸辉光红欲燃。君不见说剑楼前红日升腾莺歌啭，东篱艳吐一枝丹。

（二〇〇九年元旦于滇南说剑楼）

王纯生山水牡丹歌

王纯生先生，滇南著名画家，擅山水，兼擅花鸟。其山水元气淋漓，深得哀牢山红河水之灵气；牡丹风姿绰约，遐迩名扬。人有以牡丹王称之者，真实至而名归耳。

无胆莫进纯生室，四壁瀑飞涛千尺。更有松风万壑寒，倒海翻江欲破壁。细看风涛皆画稿，元气淋漓光四溢。崖畔山花烂漫红，石上青藤翠欲滴。枝头啁啾鸟语圆，压枝姹紫兼红湿。月下清泉鸣溅溅，泻入寒潭深不测。石桥依涧跨如虹，骑驴人过声得得。遥望寒山斜一径，林烟漫卷伤心碧。堪惊风自画上生，无边丝雨细如织。雨压峰峦一重重，满目苍茫沉云黑。回首不见来时路，后山无影前山失。须臾雨过万山红，树杪熊熊燃夕日。人归飞鸟相与还，鸟歌尽染青苍色。云起云飞一方砚，万千气象一支笔。蘸取红河水滔滔，绘出哀牢林茂密。又绘哈尼梯田美，天梯直挂银河白。为问登梯欲何之，兴来欲把星汉摘。梯田文化大弘扬，文化遗产入史册。休言弄墨乃小道，纯生笔有补天力。八尺宣上看腾挪，巧夺天工天不及。试看纯生画牡丹，明艳真可倾人国。照眼花光笑回眸，花下云涌绿重叠。一颦一笑见高华，一吞一吐皆虹霓。香清夜袭美人衣，色重朝引双飞蝶。春心荡漾意悠悠，风韵婀娜活脱脱。对花能不诗兴发，莫怪骚人诗盈箧。太白歌词寄兴长，曾倚沉香亭子北。解释春风无限恨，一枝红艳照明月。乐天乐府放悲声，帝城春暮花灼灼。谁知一丛深色花，耗去多少黔黎血。至今不敢读买花，一读一回泪盈睫。喜怒哀乐寄牡丹，滇南纯生用墨泼。实至名归牡丹王，摄取花魂称一绝。少年争买纯生花，花光灼灼看目夺。少女争买纯生花，花香迷漫春蓬勃。纯生牡丹实难求，登门肩摩踵相接。有时无花求其次，愿得纯生一片叶。吁嗟乎！纯生而今过六十，犹自长毫挥不息。纸上风起云飘飘，腕底春浓香馥郁。花魂鸟唱牵神思，云岭之南标高格。君不见纯生操将游刃割嫣然，万紫千红收尺幅。君不见纯生笔扫烟云归画卷，移山弄潮谁能敌。我草长歌寄滇南，一声清啸欲裂石。夜深何事风萧萧，纯生挑灯正泼墨！

（二〇〇九年元月四日于滇南说剑楼）

逝川

《逝川》序

晓　雪

我与王亚平同志数年前有一面之交，只记得他写旧体诗词，在新疆工作多年，后来调到云南蒙自师专（现在的红河学院）当教师。我还读到过他研究诗词的理论文章。印象特别深的是，他年轻英俊，却与上世纪三十年代参加中国诗歌会，先后参与创办《新诗歌》《现代诗歌》《大众诗歌》的著名老诗人王亚平（1905—1983）同名。

最近他托张文勋教授同我联系，说他拟出版《说剑楼文存》一册四卷，要我为他四卷中的新诗卷《逝川》（卷二）写序，我才知道他原来还写了这么多的新诗和其他作品。诗，是诗人心灵的声音，心灵的轨迹，是他的个性气质的表现，他哲理思考的凝聚，他感情、思想和艺术智慧的结晶。从一首诗可以看一个人，看他的风骨神采，他的精神品格，他的灵魂，他的心。

读了《逝川》中这六十多首诗，我感到王亚平不但善于写旧体诗词，而且新诗也写得很精彩。我从这一首又一首新颖独特、生动感人的诗，进一步认识了诗人王亚平，听到了他灵魂的呼唤，他内心的独白，感到他是一个从我国西部苍茫雄浑、辽阔悠远而又艰苦严峻的大戈壁中走来的感情深沉、富有个性的诗人。他"偶发长鸣空万马，时将健笔扫千军""天命玄冥无达诂，看花听鸟醉红曛"；他"持竿万丈劲如弓，钓取江湖八面风""明月入怀尘尽扫，偶然走笔夺天工"，有着宏伟的抱负和豪壮的情怀，但他绝不追求远离现实生活和时代风云的"想入非非"，他"长伴孤灯诵楚辞，清寒未悔作书痴。围炉煎韵霜凝竹,沽酒浇愁月染诗。""长对俗流以白眼,但将热泪与红巾。酒边豪气三千丈,笔底深忧亿万民。"所以他早年在新疆写的新诗,不论是《最后一课》《一提笔我就想起了你》,或是写那个十五岁病故的农工女儿李小英的《求求你,圣母》《姑娘,当我抬着你穿过这片戈壁》以及《初冬》《小巷》《惆怅》等等,是那样的感人肺腑,催人泪下,引人深思。他感到"西部的冬天很漫长因而西部的生命不得不疯狂地燃烧","西部的太阳本来就不比别处明亮而西部的月亮却比别处苍白",他认为"砍土镘和地窝子的形象那才是真正的西部形象",他看到"老军垦的砍土镘当年为公家呻吟如今在为自个儿呻吟",因此他说:"砍土镘的呻吟这才是西部的历史和现实的深刻主题。"(《西部热》)

在王亚平的六十多首新诗中,爱情诗占了一半以上。普希金说:"爱情是首和谐的歌,人生的诸般享乐,唯有爱情胜过音乐。"雨果说:"美丽开在你的脸上,爱情开在你的心中。"巴尔扎克说:"在精神的领域里,真正的爱能不断地产生奇迹。"莎士比亚说:"爱情是这样的充满了意象,在一切事物中是最富于幻想的。"因此古今中外的诗人几乎没有不写爱情诗的。许多精美绝妙的爱情诗早已成为诗歌史上的经典。但爱情是写不完的,是常写常新的永恒主题。王亚平的爱情诗,如《背影》《心帆》《青果》《雨季》《潮音》《洛阳》《答清秋》《苦豆子》等等,写诗人刻骨铭心的个性感受和独特体验,构思新颖,意象丰富,语言清丽,耐人寻味,应当说是他新诗创作中最精美的部分。

王亚平不赶时髦，不追新潮，也不满足于轻飘飘的浅薄吟咏。他有较深厚的古典文学修养，对我国源远流长、丰富多彩、千变万化、精妙绝伦的优秀古典诗词有深切的体会，又认真学习外国诗歌的表现手法和语言艺术。他努力把自己在广天博地之间、在生活激流之中的真切感悟和哲理思考结合起来。因而他的新诗既"传统"又"现代"，既传承着中华民族传统文化的精魂血脉，又洋溢着鲜活清新的现代生活气息："走进画室才发现艺术不是语言也／不需要语言／单纯即是深刻刹那即是永恒／／走出画室天地在黄昏中突然颠覆／地上闪烁灿烂的星群／天空缀满忧郁的眼睛"（《画室》）。"色彩碰撞激荡起一抹萧萧马鸣／天幕上骤然叩响／一片灿烂的蹄声／看那朵纯真微笑成／一轮圆月／温暖着一个剽悍民族／苍茫的梦境"（《题画：草原》）。"创伤期待愈合／残缺期待圆满／离别期待重逢／有限期待无限"，"最深刻的痛苦是期待／最深刻的幸福是期待／一颗心／期待着另一颗心的／深情呼唤"（《期待》）。"你从孤独和寂寞中破土而出／用几茎碧绿的倔强／在荒漠中／高举起你的个性"，"你常用沉默维护自尊／但有时也按捺不住胸中／汹涌的豪情／于是你的花儿像悲壮的叹息／辉煌地一闪／天地间便激荡起／生命的坚韧／不屈的回音"（《仙人掌》）。诗给哲学以形象和生命，哲学给诗以深度和灵魂。王亚平这类诗，显然不是信笔写来的急就章，而是在深刻感悟、反复思考的基础上提炼出来的颇有深度和力度的篇章，是诗人精神灵魂的个性化的诗意表现。

臧克家先生风趣地说过："我是一个两面派，新诗旧诗我都爱。"希望王亚平继续努力，坚持走自己的路，在教学工作之馀，既写旧体诗词，也多写些新诗，写得更新更美！

　　　　　　二〇〇五年九月五日于昆明

　　晓雪，当代著名诗人，诗论家。云南省文联副主席，中国诗歌学会副会长，中国当代少数民族文学研究会会长。

序《逝川》

丁国成

　　有人说过，旧诗靠打扮，新诗靠自然。这里"旧诗"沿用习惯说法，是指旧体诗词。我认为，这话只说对了一半：因为新诗出于"自然"，同样需要"打扮"；旧诗讲究"打扮"，亦应达到"自然"。否则，便有偏颇之嫌。

　　云南蒙自红河学院王亚平教授，现为中华诗词学会副会长。他学识渊博，多才多艺，教学、科研、创作并重，新诗、旧体、评论兼擅，孜孜矻矻，笔耕不辍，硕果累累，佳作连连。他的新诗集《逝川》即将出版，索序于我。朋友相求，却之不恭，勉为其难，只能从命。读了他的新诗书稿，想到他的旧体诗词，一个突出的感觉是：他的新诗，一如他的旧体，注重"打扮"；他的旧体，正像他的新诗，力求"自然"。

　　所谓"打扮"，就是古人说的"苦吟"，也就是雕琢锤炼，即炼字炼句、炼意炼格。新诗作者，对于这种"打扮"往往不以为然，似乎也有某些根据。唐代李白的诗句"清水出芙蓉，天然去雕饰"，常常为人称道。宋代陆游《读近人诗》也说："琢雕自是文章病，奇险尤伤气骨多。"不错，诗贵浑然天成，犹如初发芙蓉，自然可爱；最忌矫揉造作，不宜镂金错彩，雕绘满眼。因为天然逼近真实，雕饰易伤气骨。但是，如果因此而否定雕琢，不讲锤炼，那就走向极端，陷入片面了。多年以来，我国新诗散漫不精，手法单调，许多作品淡如白水，味同嚼蜡，便与这种偏颇有着直接关系，似应加以纠正。

古有名言，尽人皆知："玉不琢，不成器。"（《礼记》）宋人戴复古诗说："玉经雕琢方成器，句要丰腴字要安。"（《论诗十绝》之十）诗亦如同玉器，不经雕琢，无法成为精美绝伦的艺术品。俗话说得好："钢靠锻打金靠炼，玉靠琢磨石靠凿。"一切文学艺术，包括诗歌，都是文艺家和诗人的主观创造，既要表现主体，又要反映客体，并借客体来写主体。德国诗人席勒说："诗人的任务必然是尽可能完善地摹仿现实"，同时，"必然是把现实提高到理想，或者是表现理想"（《西方文论选·素朴的诗和感伤的诗》）。诗人的艺术创造，不是闭关造车，不能随心所欲，必然受制于客观现实和主观世界：第一，"摹仿现实"，要"尽可能完善"；第二，"表现理想"，又要高于现实，用马克思的话说，叫作"按照美的规律来制造"（《1844年经济学哲学手稿》）。因此，诗人必须反复斟酌、经久熔炼，方能铸成美于现实、合于理想的艺术珍品。正如亚平所说："不经'人为'，自然（按：指现实）不会定型为艺术，天籁不会自鸣为诗歌。"（《苦吟重估》）摒弃"人为"，拒绝雕琢，实际也就丢掉了诗歌艺术。

当然，物极必反，过则为灾。凡事都有一定限度，超过限度，就会走向反面。过犹不及，欲速不达。戴复古诗说："雕镂太过伤于巧，朴拙惟宜怕近村。"（《论诗十绝》之三）雕琢的目的，在于求真求新求美，以达工巧；雕琢过分，必将失真失新失美，弄巧成拙。庄子说："既雕既琢，复归于朴。"质朴自然与锤炼雕琢不应对立起来。放弃雕琢，难成艺术；过甚雕琢，有违自然。而"自然不从追琢中来，便率易无味"（清彭孙遹《金粟词话》）。自然天成的艺术品，决非出于天然,而是来自千锤百炼,达到炉火纯青,不见斧凿痕迹。清代张问陶诗说:"敢为常语谈何易,百炼工纯始自然。"(《论诗十二绝句》之五)此正所谓:"几经淘洗而后得澄淡,几经熔炼而后得精致。"(清许印芳《与李生论诗书跋》)。看似自然,实由雕镂,妙在"极炼如不炼,出色而本色,人籁悉归天籁"(清刘熙载《艺概·词曲概》)。天工、人巧,合二而一。诗歌艺术由此而臻于化境。亚平所论,最为辩证:"不炼为炼之结果,炼为不炼之前提。'不炼'者,经'炼'而达'如不炼'之妙境也。"(《苦吟重估》)。

应当说,亚平同志的新旧体诗创作,都在努力实践他的诗歌理论,并且取得了令人瞩目的可喜成就。《逝川》中的不少诗作,达到了炼如不炼的美妙境界。

诗是最高的语言艺术。诗的语言,不同于其他文学样式,不仅在于强烈的抒情性和节奏感,而且更具艺术的表现力与弹性美,进而成为独特的"诗家语"。这需要诗人反复推敲,不断锤炼,做到一语胜人千百,只字力抵万钧,充分发挥汉字潜能,极大扩展语言张力。例如《洛阳》:

月台上滚动着悲壮的汽笛
不堪车轮的重压心
在喘息
灯光灯光
灯光谱写着无边的迷离
我透过车窗向月台致意
右手
在车窗口默默地举起

说不清是传递怅惘
眷恋
还是慰藉　　月台上伫立着
你轮廓分明的影子
朦胧的灯光在你身边流淌
嘈杂的色彩衬托着你的手臂
意象派的杰作
含情脉脉的白纱巾
一团白茫茫的思绪　　人越离越远
心越远越近
我走向你视线的尽头
梦中的希冀
你走进我绵绵的思念
深长的记忆

全诗只写了一个车窗内与站台上两位离人招手告别的特写镜头，内容毫不新鲜，语言也似平淡，但却浑然天成。仔细品味，便能发现，诗作平中寓奇，故里藏新。而这恰恰得力于诗人炼字、炼词、炼句、炼意。第一节写车站离别的悲壮气氛；第二节写"我"将告别的复杂心境；第三节写女友送别时的两人思绪；末一节写两人别后的无尽思念。开头用"滚动"一词，状汽笛之声，不仅化无形为有形，而且写出汽笛的惊心动魄：汽笛声声，表明列车将开，分别在即，离情最为沉重。"心在喘息"，犹如"车轮的重压"，让人不堪重负。"灯光"有意连用三次，以见"灯光"之多，"迷离"之甚，加浓了离人恍惚的氛围，"我"在车内举手"致意"，但"说不清是传递怅惘／眷恋／还是慰藉"；用的是模糊语言，故意含糊其词，有利于抒发其复杂感情。"影子"和"白纱巾"都属修辞学中的借代：由戴"白纱巾"可知送行者的"影子"即是女友。"嘈杂的色彩"，则将借代与通感的修辞手法融为一体："嘈杂"诉诸听觉，"色彩"诉诸视觉，两觉转化而成通感，借指穿红着绿、嘈杂不已的送别人群，"意象派的杰作／含情脉脉的白纱巾／一团白茫茫的思绪"，三行诗句，实为三个词组，不加任何连接词语，属于列锦修辞格，类似电影中的蒙太奇镜头。此情此景，让"我"不禁联想起意象派创始人美国庞德的精品名作《地铁车站》。庞德在"嘈杂的色彩"人流中遇到几个一闪而过的美丽面孔，形成彩色光斑，凝为两行诗句："人群中这些面孔幽灵般闪现；湿漉漉的黑枝条上朵朵花瓣。"（杜运燮译）"含情脉脉的白纱巾／一团白茫茫的思绪"，亦似"意象派的杰作"，女友的"影子"最终占据了"我"的整个"思绪"。结尾写人"越远"而心"越近"，显系一反常情的"矛盾语"，相激相荡，启人思索：人离越远，相思越深，故觉彼此心贴越近。本来是"我"离"你"而去，诗人偏说"我走向你……"；本来是"你"留在原地，诗人偏说"你走进我……"如此似是而非地变换方位，决非单纯换个说法的表达方式问题，而是为使"我""你"双方都处于别离之后无尽思念的主动地位，以见人虽分而心未离，互相走向对方，从而显示出各自在对方心目中的特殊位置与巨大分量，表现两人感情之深与思恋之重。古今中外抒写离情别绪的诗作可谓多矣，然而，从未见过如此写法，真真令人耳目一新！倘非千锤百炼，何以能够至此？

如果说《洛阳》一诗是"炼如不炼"的典型，那么，《打扑克》则是"不炼而炼"的显例。两诗不仅风格大为不同，而且写法也有霄壤之别。《洛阳》可谓雅而又雅，雅里含俗；《打扑克》则俗而又俗，俗中见雅。作品借写打扑克、发牢骚，嘲讽社会不公、风气不正，表达诗人对普通百姓、弱势群体的关爱之情。作品较长，不便全引，开头交代打扑克的原由："看电视没有意思一切的一切都没有意思／那些电视剧吵吵嚷嚷哭哭啼啼看多了要得神经病／跳舞吧没钱买门票又怕不小心踩痛了别人的皮鞋／于是每天吃过晚饭我们就来打扑克。"其实，这只是表面文章。作品言在此而意在彼，接着写打扑克如何耍赖、使眼色、做手脚，"眉来眼去配合默契"，"有时候阴谋破产我们就装模作样大吵大闹死乞白赖／反正不扣奖金不扣工资那就索性给他来个死猪不怕开水烫"。既是游戏，当然不能过于认真。但若全不当真，又会失去游戏的乐趣，所以还要假戏真做："我们意气风发斗志昂扬远远胜过少林和尚武当道士射雕英雄／'双抠'不过瘾就改玩'升级'／多吃贡品和连升三级是人生最大的乐事"。认假为真，以真作假，便生幽默。"听说有些达官贵人也爱打扑克这恐怕该是真的／这真是人同此心心同此理"。这就有假有真，并非全是无稽之谈，因为"多吃贡品和连升三级"确是一些"达官贵人"贪官污吏的梦寐之求与实际行动；而对平民百姓说来，"多吃贡快升级原不过是一种象征"，并无现实意义，确是假的。"友谊第一比赛第二我们忘记了烦恼忘记了一切／夫妻分居儿女就业这人世间可恼的事情太多／有些人能解决偏偏我们不能解决可真他妈烦人／往牌桌边一坐这一切的一切都见他妈的鬼去"，这些以游戏口吻出之的平民烦恼，纯系真情。至此，读者方才明白，一些人热衷于打扑克的真正原因：借牌消愁。诗人运用调侃、幽默的笔调，戏谑、嘲讽的语气，揭示出一个严肃、沉重的社会问题。寓庄于谐，以小见大，虚虚实实，真真假假，嬉笑怒骂，涉笔成趣。口语、俗语、谑语、成语、谚语、书面语、讥诮语、乃至粗鲁语，一塌刮子收拢来，提炼入诗，遂使作品大为生色。它真实反映出平民百姓的生活、思想、感情、趣味。声口毕肖，性情如见。仿佛信手拈来，不费吹灰之力；实为精心提炼，要花锻造之功。正是"看似寻常最奇崛，成如容易却艰辛"（王安石《题张司业诗》）！

例证不必多举，关键在于典型，能够说明问题。亚平同志的成功实践，证明了他的诗学理论的正确性，也显示出他的创作经验的普遍性，可给诗人词家以广泛启迪。当然，他的诗作，不是十全十美，锻之不足与炼之过度均有所见，应予改进。但他那"闲放而不流于散漫，工巧而不露于雕斫"的宝贵经验，却是值得借鉴与推广的。如果新诗作者在追求"自然"的同时，讲究"雕琢"，诗词作者在注重"雕琢"的同时，追求"自然"，那么我国诗歌作品的艺术质量定会大有提高。亚平云："精品必自苦吟出。"（《苦吟重估》）其此之谓乎？

二〇〇六年一至二月于北京

丁国成，当代著名诗论家，原《诗刊》常务副主编。现任《中华诗词》常务副主编，中华诗词学会副会长。

断 桥

白娘子和许仙在这儿流过泪吗
一段美丽的传说在某年某月的
某个黄昏
断裂了

经过千百年人工的修修补补
完美
代替了残缺
那座倒影在西湖里的拱形故事
人称"断桥残雪"

记忆中的断桥
永远只能是断裂的
缺憾
再过若干万年
人们必将从记忆的深处发掘出
一具具
残缺的恐龙

（一九八六年十二月二十日）

沉 默

最深刻的离别拒绝眼泪
拒绝手势,甚至
拒绝那些亲切的叮咛

最高的境界是沉默
沉默
夕阳一样的沉默
远山一样的沉默
我的眸子久久地注视
你的眸子
你的心灵轻轻地呼唤
我的心灵
然后,我们毅然转身离去
让身后留下一串坚定的足音
让天地间特写出
有志者最悲壮的剪影

不要说我们相互间没有馈赠
你带走了我的风采
我珍藏着你的眼神

从此以后
即使我们隔山隔水
我的梦境里
也会飞翔着你的微笑
你心灵的琴弦上也一定能弹奏出
我心灵的感应

那么，就让我们用沉默
向过去的一切告别吧
在沉默中
我将迎来一场辉煌的日出
你也将获得
一片灿烂的黎明

（一九八七年五月九日）

苦豆子

每天晚上
你都把我的名字当作一粒苦豆子
细细的咀嚼
是的，从你认识我的那一天起
你就认识了磨难

你从我肩头上轻轻拂去了
多少尘垢
而你的眸子里
却深藏着多少忧虑
多少感叹

七月里你曾用歌声
驱逐过北国的沉闷
也许，你洒落过欢笑的那条小路
至今还依稀记得
你甜蜜的呼唤

自从你把追求和希望写进了
爱的定义
我爱的双翅便在你爱的蓝天上
不懈地盘旋
如果蓝天上突然爆发了雷鸣闪电
那么，即使雷电击碎了我的翅膀
我也将挟带着滴血的呼啸
奋不顾身地扑进
你的思念

你既然无意中拾起了这粒苦豆子
那么，每当夜深人静的时候
你就把它含在嘴里
就着月光
慢慢地咀嚼吧

（一九八七年十月二十三日）

仙人掌

你从孤独和寂寞中破土而出
用几茎碧绿的倔强
在荒漠中
高举起你的个性

人们把你移进花盆
养在室内，而你
却始终向往着大漠的呼声

你常用沉默维护自尊
但有时也按捺不住胸中
汹涌的豪情
于是你的花儿像悲壮的叹息
辉煌地一闪
天地间便激荡起
生命的坚韧
不屈的回音

(一九八七年十二月五日)

西部热

昔者共工与颛顼争为帝，怒而触不周之山。天柱折，地维绝。天倾西北，故日月星辰移焉。——《淮南子·天文训》

共工的脑袋碰断了天柱子天倾西北故日月星辰移焉

从那时起大概就出现了西部热

于是穆天子跑到西部来幽会张骞跑到西部来冒险岑参跑到西部来吟诗猪八戒跑到西部来干什么只有天知道

丝绸之路上羌笛声声驼铃悠悠鬼影幢幢黄尘滚滚

真诚和欺诈青春和白骨结伴而行

后来贺敬之有了《西去列车的窗口》

后来郭小川有了《戈壁行》和《昆仑行》

于是新中国的知青们和盲流们都承受不住西部的诱惑

于是为了贡献为了浪漫为了猎奇为了赚钱他们成群结队地涌向西部

后来知青里和盲流中也出现了诗人

他们放开喉咙尽情赞美让他们吃尽了苦头的西部

西部的太阳西部的月亮西部的一切在他们的诗里开始变得无限美好

西部热在他们手里加温西部诗从此彻底跑调

从此他们的诗和他们的肉体一齐超越了西部的痛苦

后来有人兴高采烈地宣告说这就是

新—边—塞—诗

新边塞诗很浪漫但西部的土地却浪漫不起来

老军垦的砍土镘当年为公家呻吟如今在为自个儿呻吟

我要说砍土镘的呻吟这才是西部的历史和现实的深刻主题

但新边塞诗不知从什么时候起开始忘记了砍土镘的呼声

所以老知青老盲流和老军垦们都越来越读不懂

新—边—塞—诗

我要说砍土镘和地窝子的形象那才是真正的西部形象

只有读懂了砍土镘读懂了地窝子才有可能真正

读—懂—西—部

西部的太阳本来就不比别处明亮而西部的月亮却比别处苍白

正由于此西部的土地才更加令人神往

西部的冬天很漫长因而西部的生命不得不疯狂地燃烧

　　到西部去到西部去到西部首先不能想到浪漫想到写诗

　　到西部去首先要有点燃自己的勇气并且决不后悔

　　燃尽了最后一滴血也许一首诗也写不出来那就干脆把尸骸也扔给西部的土地

　　苍鹰的呼啸漠风的怒号那就是你未完成的构思你的悼词

　　到时候你的墓碑你的坟茔也许将被新知青新盲流们吟唱成真正的

　　新—边—塞—诗

　　真正的西部热也许将从你墓碑的底座上重新掀起而漫卷整个

　　中—国—西—部

（一九八八年十一月六日）

题画《出塞》

暮色苍茫
地天交接处
落日惊飞汉唐雁阵
月光漫过沙梁
古边塞诗中那匹失群的胡马
今宵猛然忆起往事仰天长啸
数粒寒星铿然飘落
于是，荒原上溅起
一片秋声

（一九九〇年四月十一日）

打扑克

看电视没有意思一切的一切都
没有意思
那些电视剧吵吵嚷嚷哭哭啼啼看多了要得神经病
跳舞吧没钱买门票又怕不小心踩痛了别人的皮鞋
于是每天吃过晚饭我们就来打扑克
四个凳子一张桌子因陋就简
开始就着夕阳接着就着灯光我们越战越勇
一副牌不够劲儿就玩两副

如今开放搞活已经发展到四副
　　玩四副牌有点麻烦但只有麻烦才过瘾
　　两个人打对家我们眉来眼去配合默契
　　有时候靠水平有时候要全凭运气
　　有时候阴谋破产我们就装模作样大吵大闹死乞白赖
　　反正不扣奖金不扣工资那就索性给他来个死猪不怕开水烫
　　干到十二点不服气就干脆干到两点三点
　　意气风发斗志昂扬远远胜过少林和尚武当道士射雕英雄
　　"双抠"不过瘾就改玩"升级"
　　多吃贡品和连升三级是人生最大的乐事
　　听说有些达官贵人也爱打扑克这恐怕该是真的
　　这真是人同此心心同此理
　　所以打扑克总是想赢这完全可以理解
　　所以在牌桌旁我们才显得那么全神贯注一丝不苟
　　打的时间长了我们也真的打出了风格打出了水平
　　友谊第一比赛第二我们忘记了烦恼忘记了一切
　　夫妻分居儿女就业这人世间可恼的事情太多
　　有些人能解决偏偏我们不能解决可真他妈烦人
　　往牌桌边一坐这一切的一切都见他妈的鬼去
　　老婆最初大发雷霆后来也跑来观战
　　我严肃地告诫她不要多嘴免得泄露天机

后来我们四个人交锋却调动了好几家人的主
观能动性
　　大人小孩叽叽喳喳我们八面威风
　　这时候可千万别出错牌可千万不要输
　　这时候输了可真他妈有点丢人
　　不过丢了人也没关系这年头只有丢得起人才
混得下去
　　所以万一输了也完全用不着脸红
　　能上能下能屈能伸那才是大将风度
　　累得受不了了我们才回家关灯睡觉
　　第二天一大早就得上班也就忘记了头天晚上
的输赢
　　下了班吃过饭我们接着再战
　　多吃贡快升级原不过是一种象征

　　　　　　　　　　（一九九〇年七月十七日）

星 空

怎么也忘记不了那个夜晚的
那片星空
那一阵拂面而过的清风
至今依然吹拂着
我沉甸甸的梦
那条激荡着我们足音的小路
日夜在记忆的深处蜿蜒
季节雨悄悄催动相思发芽
枯萎的憧憬重新复活
于是，眸子里便升腾起
一片嫣红

呵，夜色又一次轻轻遮掩了
我心的荒原
我怎么也忘记不了那个夜晚的
那片星空

（一九九一年四月十日）

期 待

创伤期待愈合
残缺期待圆满
离别期待重逢
有限期待无限

美丽的憧憬期待着扬帆启航
漂泊的船儿期待着远方的
岸

蓓蕾期待春风
新芽期待雨露
人生期待着生命的灿烂

最深刻的痛苦是期待
最深刻的幸福是期待
一颗心
期待着另一颗心的
深情呼唤

(一九九一年四月十三日)

相思树

那一阵风雨来得真猛
那句欲说还休的话，终于
没有说出
于是，一曲刻骨铭心的惆怅
便随着风雨声被录进小树边
相思树的年轮
从此，每当风雨声起
那支歌谣便从相思树的枝叶间
缓缓播出
点点滴滴，点点滴滴叩打着
我迷茫的梦境
天地交接处
那道熟悉的目光在梦中
铿然一闪
我的积雪的心岸就又增添了
一道滴血的烙印

总想远离相思树却又总是
走近相思树
相思树下，总有一个瘦长的影子
在默默地寻觅
年轮旋转的回音

（一九九一年四月二十六日）

梁祝（一）

走进梁祝就没再能够
走出梁祝
肋下生翅铿然化蝶
如痴如醉地扑向
俞丽拿的弓弦
一曲缠缠绵绵的故事
缓缓飘出
美丽的忧伤深入梦境
反反复复地提示
幸福的痛苦
梦醒魂归终于发现
我们自己原本就是梁祝中
一对袅袅娜娜的
音符
于是，走进梁祝就没再想过还要
走出梁祝

（一九九一年五月六日）

梁祝（二）

那一对彩蝶
在传说中飞舞了好几百年
后来终于飞进了
两位青年作曲家的笔下
美丽成一支动人心魄的名曲
据说，那对彩蝶还曾飞进
俞丽那的弓弦
飞进世界青年联欢节获得金奖
美丽的忧伤终于彻底忧伤了
整个世界

我没有音乐的耳朵却居然能够
如痴如醉地深入梁祝
十八相送难舍难分的分明是我
听说梁山伯死于忧郁
我真的痛不欲生地大哭了一场
哭灵时祝英台纵身跳进墓穴
我也毫不犹豫地跳了进去
而后肋下生出双翅
我又追随那对彩蝶飘飘悠悠地
飞了出来
从此，那对彩蝶身边就若即若离地
出现了另一只翻飞的彩蝶
于是关于梁祝
人世间就开始有了新的传说
不知为什么听了梁祝梦境

总是湿漉漉的
梦醒魂归才发现
枕头上又湿了一片
而窗外
正淅淅沥沥地弥漫着一场
朦朦胧胧的细雨

（一九九一年六月二十二日）

重 洋

隔着重洋，我们
遥遥相望
心因遥远而贴近
思绪因复杂而单纯
星光点燃记忆
汹涌起一片不息的涛声

渴望真的会灼穿眸子吗
努力把自己想象成一朵白帆吧
从容不迫地去体验跋涉的艰辛吧
让希望之潮拍打孤独的桨吧
为了测量爱的深度
我蔑视重洋
我赞美重洋

（一九九一年六月四日）

听 雨

你说，这场季节雨来得
真是时候
你说相思
就应该如此这般地缠绵
一道电光透过树梢
在你的面颊上温柔地一闪
我看到你眸子里的向往
被呼地点燃
天边隐约有深沉的雷声滚过
雷声摇撼着
我湿漉漉的情感
那些雨中的细节被电光深深
烙进记忆
从此我的梦境里将时时响起
雷声雨声的呼唤

倚着那株相思树我们
就这样默默地听雨
最后我说：这场季节雨
的确来得正是时候

（一九九一年七月四日）

听 鸟

一踏上那条小路就踏响了
一路鸣啭
无数小夜曲和晨光赋
淙淙流淌在我的心头
一朵朵失落的记忆扑腾着
从草丛中起飞
沉睡枝头的往事猛然惊醒
于是枝叶间荡漾起
一片迷人的啁啾

我的思念刹那间生出双翅
迫不及待地扑向高枝
任霞光灼痛我飞翔的眼眸
多么渴望艰难地同啼鸟唱和
我深信，只有用心灵倾听
才能听懂枝头上
啼鸟的歌喉

每天早晚我都披着霞光
情不自禁地奔这条小路而来
我的思念
毫无保留地属于这条
林—间—小—路

(一九九一年六月二十八日)

望 月

奔月的故事已经古老得唤不起
任何美感
神女峰伫立山头
伫立成永不凋谢的惆怅
月光下只有你红裙如火
不断点燃我眸子里
深情的向往

我真嫉妒你秀发上那只
粉红色蝴蝶结
我恨不能肋下生翅铿然化蝶
日夜环绕着你快乐地飞翔

相思树下你说奔月太绝情
神女峰太孤独
你问我对月怀人虽然诗意
但是否太感伤
月华如水我没有回答但
我心里明白
如果有一天你真的离我而去
这世界将刹那间变得
陌生而且荒凉

如果那一天终于不能回避
那么,相思树作证
我将永远诅咒眼前这片
皎洁的月光

(一九九一年七月十日)

哦,相思林

一走进那片密林就远离了
尘世的喧嚣
每一回眸都会牵动一串风声鸟声
那天晚上我们又在林中不期而遇
你突然停住脚步羞涩地对我说
你读懂了我的深沉
月光下我注视着你的眸子久久
没有说话
没有说话但我分明看清了
你眸子里燃烧着的
热烈和温馨
那时一声清脆的鸟唱打断了
我们的思绪
我们如梦初醒相互微微一笑
而后携手轻轻走出了那片
迷人的梦境
那以后每逢早晚我们都会

不约而同地奔那片密林而去
一走进那片密林心中就升腾起
一片纯真

那片密林因我们的相思而美丽
后来我们就私下里把它叫作
相思林

（一九九一年七月十二日）

七 月

那只粉红色蝴蝶结悄然离去之后
小路边
相思树在七月里纷纷飘黄
林中的啼鸟一夜间学会了
沉默
我每天清晨依然奔这条小路而来
却怎么也唤不醒枝头上
那一声声清亮
拂面而过的晨风拂不去
阴天的忧郁
只有小溪边那几束勿忘我花
犹自苦苦地高举着夏日的
渴望
离开那条小路的时候
天下雨了

我和七月刹那间
同时枯黄
日暮时还能去登楼吗
心湖结冰心岸积雪
我不忍目睹天地交接处
暮色的苍茫

(一九九一年七月十五日)

踏 月

无意中我们又踏响了那片月光
抬头望月桂影朦胧
于是小路上迷漫起一片
桂子的幽香
你和我的呼吸刹那间变得
轻柔而舒展
任月涛汹涌露花飞溅
一阵阵溅湿
我们无边的遐想

忽然有雁阵从天幕上
匆匆滑过
每一声嘹唳都唤起你我
心中的惆怅
你悄悄对我说夜已深了

你觉得有点冷
于是我们携手默默告别
那片迷茫
告别时我们的脚步放得
格外地轻
我们唯恐无意中踏碎了
那迷人的昏黄

(一九九一年中秋)

红 叶

那天晚上的那阵秋风
轻轻拂过之后
那棵树上的那片叶子
一夜透红
那天清晨我们的足音
在那棵树下搁浅
那片叶子在枝头上燃烧成
一朵美丽的憧憬
你忽地眼睛一亮牵衣问我
红叶题诗
到底是怎么回事儿
我莞尔一笑说这个问题很古老
你最好去问红叶自身
你真的把目光转向高枝

红叶不语
清风过处枝叶间徐徐奏起
一曲缠绵的温馨

过了几天那片密林中的叶子
几乎全都红了
但我记忆深处却始终燃烧着
万绿丛中
那朵最先红透的秋声

(一九九一年十月二十八日)

永 恒

一开场就知道必然要结束然而
身不由己
乐曲汹涌炽烈如火
诡秘的微笑匆匆掠过
陌生的面孔泛滥温情
目光饥渴如狼
云里雾里恍兮惚兮
缠绕成五光十色的迷梦
然而，美得匆忙热得短暂
——终于，散场了
最后一个音符像流星
铿然熄灭

脚步声丧魂落魄各自东西
结不出果实的花蕾
纷纷凋零
只剩下一片空虚在天地间暗示
真正的
永恒

（一九九一年十二月三十一日）

画 室

在这并不全是真诚的世界上用色彩
呼唤真诚
山川草木在画笔下洒脱地变形
宁静酝酿躁动沉重喷射强悍
飘逸而奔放心
在颤栗
颤栗成古老的月光下
一个民族迷茫而又自信的眼神
走进画室才发现艺术不是语言也
不需要语言
单纯即是深刻刹那即是永恒

走出画室天地在黄昏中突然颠覆
地上闪烁灿烂的星群
天空缀满忧郁的眼睛

（一九九二年三月三十一日）

黄 昏

真不敢想象你的影子从地平线上
消失之后
落霞与孤鹜怎样齐飞
春风中那支玉笛
该怎样横吹
云破月来，崖畔上欲燃的山花
骤然熄灭
竹篱边有谁再踏歌而至
凝视
那株暗香浮动的蜡梅

秋千索在黄昏中戛然断裂
真不敢想象我的影子在黄昏中
将怎样消瘦成凄婉的
宋词

（一九九二年七月十五日）

题画《草原》

色彩碰撞激荡起一抹
萧萧马鸣
天幕上骤然叩响
一片灿烂的蹄声
看那朵纯真微笑成
一轮圆月
温暖着一个剽悍民族
苍茫的梦境

（一九九二年九月二十四日）

延　河

一条河
从古老的传说中缓缓流向
一个执着的期待
河水中倒映着一个民族
沉重的悲哀
在北风中呜咽在黄土高原的梦境里
呜咽
延河——我们民族苦难历程的
录音带

五十年前，一支红色队伍
经过两万五千里跋涉扑进
你的胸怀
一位伟人蘸着河水草就了一首
气壮山河的《沁园春》
——"江山如此多娇"
延河
你爆发了有史以来的第一声喝彩

从此，枣园的窑洞里亮起了一盏
不灭的灯
那位伟人的影子在窗棂上定格成
力挽狂澜的气派
一支香烟点燃了伟人深沉的思索
一支笔在灯光下描绘着我们民族
辉煌的未来
延河，从此以后
整个中国国土上都激荡着你的呐喊
一种崇高的信仰在你的胸膛里
汹涌澎湃　　后来，那位伟人告别延河走向远方
走向远方，再也没有回来
然而
延河的名字却因那位伟人而神圣
延河的形象浓浓地染上了
那位伟人的风采

信天游满怀思念飘过山崖
山丹丹开花
燃烧着老根据地的情怀
一曲《东方红》散发着泥土的气息
唱出了延河对那位伟人的信赖

长城内外闪耀着南泥湾的光芒
大江南北挺进着宝塔山的后代
南飞的大雁北去的风
日日夜夜传递着延河
对那位伟人的崇拜

一条河
在人们记忆的深处缓缓地流
河水中荡漾着那位伟人
无私的爱
延河水滋润着我们脚下的
每一寸土地
每一个中国人的每一道血管每一根
神经,都是一条奔流不息的
延——河

(一九九三年十月二十三日)

未名湖

灵魂的底蕴纤尘不染
澄澈
而又宁静
湖水中沉淀着
远古的回音
涟漪无意中扩散成风的形象
风
在春花秋月间寻觅
失落的梦境

游鱼蜕下影子
大彻大悟地飘然而过
枝头上偶尔滑落
一两滴
鸟鸣

灵魂的底蕴神秘而幽深
谜底不能破译
也永远
无须破译

(一九九五年三月八日)

逝 川

子在川上曰逝者如斯夫
回音
苍凉而悲壮
斜晖脉脉
过眼的风帆稍纵即逝
只有涛声依旧
拍打着昔日的忧伤

记忆如桥
固执地牵扯起过去和未来
而现实
却总如缥缥缈缈的梦

千古英雄们的呐喊声
戛然而止
虞姬那首虞美人歌
却依然荡气回肠
缠绵至今

挺身逝川之岸伫立成
顽石
让目光蓄满痛苦的期待
思绪如风
若即若离地依恋着
那些无可挽回的往事

在逝川之岸上我是一株
瘦弱的相思树
而我枝头的红豆
却是人世间最美丽动人的
风景

(一九九六年四月十一日)

飘

一方水土未必
养一方人
于是身如浮云
往往
随季风不由自主地飘
只有梦比心更执着
紧紧缠绕着故土那株古槐
不忍离去

青春如陌上桑终将
由黄而殒
谁知道谁是枝头上
最后一片叶子
叶落真的会归根吗
所以信马由缰
乃是人生最潇洒的风度

又一朵孤帆从视野中

悠然远逝

我猛然记起李太白的某首小诗

感伤

然而明丽

蒹葭苍苍

千百年后轻叩历史的回音壁

一定能听到

我今天的叹息

（一九九七年二月九日）

对 酒

把王维的阳关曲斟入杯中

温馨和苦涩

在叹息声中合流

心岸痉挛最终

轰然决口

易水悲歌从远古缓缓飘来

山重水复

沦落天涯怕向天涯

地平线上的夕阳

悲壮如血

饯别的酒歌苍凉隽永
何妨借它
一浇胸中块垒
块垒未消却浇出了
一片春愁
风又飘飘雨又潇潇
人生原本是一杯浓缩了的
一剪梅
喝下去还需细细地
品味

既然饯别的酒非干不可
那就再干一杯然后
潇洒地上路
背负忧郁背负憧憬昂然走进
唐诗宋词的意境
把脚印留给
那些永远记得你和
即将忘却你的
同你碰过杯的人

(一九九七年二月十日)

青 果

你不在身边我才感觉到
你的存在
往事如春草
纷纷发芽
记忆之闸猛然提起
心潮呼啸
旧时燕子随浪花翻飞
追逐失落已久的梦

窗外有一叶风筝在悠悠地飘
看不清
牵扯它的线在哪里
风筝外是忧郁的云

我踩着自己的影子来到窗前
那棵青果树下
望一眼青果
便有一丝苦涩在心中
蜿蜒
于是我似乎又找回了
初恋时的感觉

你不在身边
我更真切地感觉到
你的存在

（一九九七年四月九日）

雨 季

又是雨季
无边丝雨编织出
一片春愁
相思飘出窗外
被淋湿
敛翅坠落在树梢上
淋湿的还有
平平仄仄的眼神

每一个雨季都有风
拂动心湖
记忆的涟漪悠悠地扩散成
美丽的年轮
只有窗前那树石榴花
依然燃烧如火

远方
熟悉的女中音正忧郁地咏叹
花儿
为什么这样红

(一九九七年四月十四日)

背 影

熟悉的背影在地平线上
悠然一闪然后就
熄灭了
怅望的目光无意间
把那次回眸摄入心空
心灵的底片无须冲洗
任往事
在一年一度的秋风中
纷纷扬扬
品味往事如品味陈年老酒
未饮
先醉
我不忍拂去记忆的尘封
猛然转身朝相反的方向抬起
一只脚却终于
没有迈出去
我不知道未来的风
朝哪个方向吹
于是在荒原上就这么
茫然伫立
伫立成人世间最忧郁的
风景

（一九九七年四月二十九日）

橄 榄

序幕刚拉开紧接着就是尾声
某些故事往往缺少情节
没有高潮
踏入情感之流
人们总是向往那些
美丽的虚幻
于是智者略带忧伤地
把这种迷失称之为
情网

该结束的就这样
戛然而止
人生如戏
但人生比所有的戏剧更多了
一抹悲剧的色彩

最后一次挥手最后一次回眸
大幕低垂
没有人谢幕
热烈后的空白如橄榄
最耐人回味

(一九九七年五月二日)

心 帆

一挥手往事就成为记忆
细雨中
有一芽思念悄然破土
微波拍打心岸
枝叶间红豆灼灼如火
无人采撷
海阔萍踪远
熟悉的歌声自远山升起
而后
徐徐沉入云海
心灵的呼唤因遥远而贴近
一瞑目就能听到云外
心跳的声音
因某种风韵的诱惑
梦境
又青春了一次
于是我认定
有一种诱惑是不可抗拒的
理智的桅杆上自信的帆
随风凋落
桀骜的心
第一次体验到
失败的欢愉
在远方，你能看到那朵
孤独的帆吗

（一九九七年七月六日）

潮 音

久已习惯于
这种远距离的对视
清风徐来水波不兴
彼此静静地倾听
心底的潮音

月落乌啼时思念之帆
从各自的心海
起锚
向着同一片憧憬
靠近

星光点燃夜色
月轮
沉入波心明净
如璧
仿佛远古
朦胧的梦境

熟悉的歌声滑过天幕
如怨
如慕
有一颗心紧随又一次潮汐
追逐
远山的回音

(一九九七年七月十三日)